ポステリタスの虹

四月一日 晴太
Hareta Watanuki

文芸社

もくじ

ヘビイチゴのひとりごと

「あーあ、なぜ僕の実はおいしくないんだろうか？　ナワシロイチゴやクマイチゴの実は、人間がみんなおいしいと言って食べているのに、僕の実は口に入れても、すぐ吐き出してしまうなんて。なんで、そんな僕に神様はイチゴなんて名前をつけたのだろう」

池のほとりの草むらに生えているヘビイチゴは赤い実がなる季節になると、誰も聞いていないのを確認すると、ぶつぶつひとりごとをつぶやいていました。

ブク　ブク　ブク……。

池の水面に空気の泡が現れたと思ったら河童が姿を現しました。

ヘビイチゴが「河童……」というより早く、その河童はヘビイチゴの実を食べると、すぐぺっと吐き出し、「なんだ、この味のない実は……」と、言いました。

ヘビイチゴは、それを聞いてしょんぼりと肩をおとしました。

「最初に言っておくが、私の名は河童ではない。カディウス＝パトレシア十七世である。まあ、名前は覚えなくてもいいが、私は池の中からお前を一年中見ていたが、お前が春に咲かせた小さな黄色い花はきれいだったぞ!! 自分の悪いところばかり探さず、良いところを探して生きたらどうだ!! そのほうがよっぽど楽しいぞ」

河童のカディウスが池に飛び込むと、池の水がヘビイチゴに空から降りそそぎました。

「気持ちいい!!」

ヘビイチゴは顔をあげて微笑みました。

カディウスは、池の底の河童の国に向かって泳ぎながら「思い込みほど怖いものはない。あんなに嫌いだった人間も、すべてが悪いやつではないとわかったし……」と、つぶやきました。

ヘビイチゴはというと、それ以来、赤い実を食べた人間に何を言われても気にせず、春には胸をはってかわいい黄色の花を咲かすようになりました。

なまけもの天狗オルドと人間

「どうしよう？　きのこを採るのに夢中になって、こんな山奥まできてしまった。帰る道がわからないよ」

そんなことをつぶやきながら、リュックを背負った男の子が山道をひたすらに走っていました。


「イテテテテ」

誰かが昼寝をしていたわしの顔を思い切り踏んずけたので、わしはたまらず声をあげ、「隠れ蓑」をどけて姿をあらわしてしまった。

わしは、この森に住む天狗のオルド。鼻が高く赤い顔をして、山伏の格好をして、高下駄をはき、手にはいつも羽団扇をもっている。ただの天狗だ。


「あなたは、だれですか？」

リュックを背負った男の子が、わしの顔を、じっと見て怖がりもせず聞いてきた。

こんな深い森に人間がくることはない。だからこそ安心して寝ていたというのにとんだ邪魔がはいったものだ。

「!!」

男の子のリュックにはきのこがいっぱい入っていて、そのうちのひとつが、わしの目の前におちよった。それは傘は淡黄褐色でビロード状の大きなきのこで名前をドクヤマドリと言い、食べると激しい腹痛に襲われる毒きのこだった。

「ちょうど、腹が減っていたところだ。リュックの中のきのこを全部置いていけ」

わしは、男の子にそう言い放った。

男の子は、返事をせず逃げ出したので、わしは手にもっていた羽団扇で空をとんでおいかけて、男の子からリュックを取り上げると、中に入っていたきのこをすべて口にほうりこんだ。

「ああ、なんて事をするんだ。せっかく苦労して集めたのに」

男の子はすごく怒って、わしをにらみつけた。

わしは急にお腹が痛くなったのでお腹をおさえて倒れこんでしまった。

男の子は、目を白黒させて驚きました。

「だいじょうぶ、しっかりして。もしかして、僕の採ったのは、毒きのこだったの？」

男の子は、泣きながらわしをゆすり続けましたが、わしが、ずっと目を開けなかったので、医者を呼ぶためにかけだしました。

「きっと、僕が助けてあげるからね」

男の子は、走り続けて迷ってしまい、森の出口もわからず、疲れて木の根にもたれて寝てしまいました。

わしは、しばらくして目が覚めたので、男の子をさがしまわってようやく見つけると、バス停まで男の子を運んでやりました。

バス停で目が覚めた男の子は、リュックの中にいっぱいのきのこが入っているのを見ると、森に向かって、

「もっともっと森のことが知りたいよ」と大声で叫びました。

わしは、「毒きのこと知っていて食べるのはもうこりごりだ」と思いながら、また「隠れ蓑」をかぶって昼寝の続きをすることにしたのでした。

なまけもの天狗オルドとヤイロチョウ

天狗のオルドと呼ばれているわしが、森の中を気持ちよく羽団扇で飛んでいるときに見つけたのは、今にも命がつきようとしているヤイロチョウだった。

ヤイロチョウは、緑の背中に赤いお腹をした鳥でたまごを産むためにこの森に渡ってきましたが何者かに襲われ命がつきようとしていました。

「伝えて、誰でもいいから、ここに来てはいけないことを」

ヤイロチョウは天狗のわしにそれだけ言うと、小さな目を閉じて動かなくなりました。

わしは、ヤイロチョウが倒れていた土の記憶を感じ取ろうと、長い鼻をむりやりまげて、地面に額をつけてじっとしていました。

まず、人間がハイキングにやってきて、ここに食べ残しのごみを捨てていくのが見えました。そのにおいにつられて、狸がやってきてごみを食べ始めました。

その後、そんなことを知らないヤイロチョウがやってきて、ミミズを探しはじめました。

ここで何が起こったのか、わしは知りました。

わしは冷たくなったヤイロチョウを土に埋めてあげると、「ぽぽぴーぽぽぴー」と、ヤイロチョウの声を真似て、ここが危険な場所であることを仲間のヤイロチョウに知らせてあげました。

わしは今日の昼寝の場所をさがして羽団扇を扇いで空に飛び上がるとともに、「なぜ、たまごを産むためにやってきたヤイロチョウが死ななくてはいけなかったんだろうな」と、つぶやきました。

「会いたい」七夕物語

一年に一度、織姫が大好きな彦星に会える七夕が近づいています。
地上にいる私は、一年に一度の事だから「晴れたらいいのに」と思いながら、いつも曇りの日が多いのを不思議に感じながら、織姫と彦星の物語を話したいと思います。

それは七夕の五日前の出来事でした。

「後五日で彦さんに会える!! でも、いつもこの時期がくると思うの。本当に一年に一度会えるだけでいいの?」
織姫は窓の外を流れる星を見ながら、自分に問うようにそうつぶやきました。

彦星も、また星を眺めて織姫の事を考えていたのですが、「オギャー」という赤ちゃんの泣き声で現実にひき戻されました。

彦星は、赤ちゃんをあやしながら、「一年は過ぎれば短いけど、実際には長いよなぁ」とつぶやきました。

七夕まで後四日になりました。

織姫は彦星の事を考えながら、美しい着物の袖口から願い事の書かれた短冊を取り出しました。

「きらめく星の世界で一番美しい織姫、どうか私と結婚してください」

そんな言葉が、数枚の短冊にかかれてありました。

「彦さんとは一年に一度しか会えないから……」

彦星は赤ちゃんのオムツを替えながら、「なんて僕は軽率だったんだ」と自分の行動を反省していました。

七夕まで後三日になりました。

織姫は悩んだ後に、短冊に書かれていた知り合いの男性の家を訪ねました。
「織姫です。いらっしゃいますか?」
玄関から出てきたのは、彦星とちがって美しい男性でした。
その男性は出てくるなり織姫の顔を見て
「僕はいつまでも待ってますよ。でも今は駄目です」といいました。
そして静かに玄関の戸を閉じてしまいました。

彦星もまた、赤ちゃんを背負って、知り合いの家を訪ねていました。
「すいません。あいつ来ていませんか?」
「来てないよ。まったく君がいながら……」
彦星はとぼとぼと家に帰っていきました。

七夕まで後二日になりました。

その後も織姫は何人かの男友達の家を訪ねましたが、返事はみな同じでした。

「あーあ、せっかく彦さんの事をあきらめようとすると、これだもん」

「でも、昔からの知り合いっていいなと思うのも、こんな時だけど」

織姫は、あきらめて家に帰っていきました。


彦星は、とある家の前で「やっと見つけた」と言いました。

「まったく、どこふらついているんだよ。早く帰ってきてくれないと困るじゃないか!!」と、美しい女の人に言いました。

「そんなに怒らなくてもいいじゃない。いつも子育て大変だから、少し遊んできなよと言ったのは、彦じゃないの」

「まあ、それはそうなんだけど……」

彦星は、この女性には弱いようです。

七夕の前夜

織姫は、天の川の岸に立って、対岸に思いをはせていました。

「きっと、今年も向こう岸に来てくれるよね。彦さん……」

天の川は、荒れ狂うように星を遠くに流し続けていました。

はーはー

「やっと着いた」

彦星は、ようやく織姫のいる対岸にたどり着きました。

「しかし、姉さんにも困ったもんだ。旦那が出張でいないからって、僕に赤ちゃんあずけて、ずっと友達の家に遊びにいって帰ってこないなんて」

「ようやく、明日が僕にとって大切な日だと思い出してくれたから、よかったけど……」

天の川をちらっと見て「この流れが、いつも止まってくれたら、毎日あっちにいけるのに」とつぶやきました。

七夕になりました。

織姫は、じっと天の川を眺めていました。

川の流れはだんだんと弱くなって……。

「止まった!!」

さっきまで、あれほど勢いよく流れていた天の川の流れがピタリと止まったのです。

川には流れてきた星たちが、ぷかぷかと浮いていました。

織姫は、踏み外さないように、その星に足を乗せて、静かにゆっくりと川の中を歩き始めました。

彦星は、川岸に腰をおろして、地上を眺めていたのですが、突然の霧に覆われて見えなくなってしまいました。

彦星は、すっくと立ち上がると、川に向かって叫びました。

「織姫、僕はここにいます」

しばらくすると、すっと霧の中から、彦星の目の前に手が伸びたので、彦星は、その手をやさしく引き寄せました。

こうして、織姫と彦星は一年に一度出会うことが出来ました。

七夕の後で

織姫はひさしぶりに彦星に会えたので、天の川の岸辺でうっとりしていました。

そんな織姫を昔からの知り合いの男友達数人が遠くから眺めていました。よかった。会えたみたいだ……。

男友達は何も言わず、そっと帰ろうとしました。

織姫は、そんな彼らに気づくと、近づいてきて「みんな、今日はシップくさいけど、かっこいいよ。ありがとう」と言いました。

男友達は、小さな声で「天の川の上流のダムで、水止めたの、俺たちだってばれたかな」「ぜったいばれっこないって……」「でも、織姫の笑っている顔ってきれいだよね」

「俺たちは、そのためにがんばろうぜ」

おー。

そのころ、彦星は姉さんの手料理を味わっていました。

「しかし、姉さん魚焼くのあいかわらず下手だね。全部、真黒じゃないか!!」

「でも、味はおいしいよ。ありがとう」

そう言いながら、織姫に会えた幸せな気分にひたる彦星でした。

彦星のお姉さんは「わかるわけないわよね。私が焼き魚の煙で、二人のデートを地上から見えなくしているなんてね」と、つぶやきました。

アカちゃんと、ハク

　昔から、こうのとりが赤ちゃんを運んでくると言われていますが、そのコウノトリはみなさんの知っているこうのとりではなく、「幸の鳥」なのです。しかも、赤ちゃんは、みなさんの知っているようにお母さんのお腹の中で育つものでは「幸の鳥」が運んでくるものではありません。では、何を運んでいるんでしょう?


「幸の鳥」の住んでいる家は、ひつじ雲の上にありました。

　その雲の上の家から、何か声が聞こえてきました。

「もう、なんで僕が窓から外を眺めるのをその赤い足で邪魔するの?」という男の子の声がして、

「邪魔なんかしているつもりないんだけどな」という大人の人の声が返ってきました。

そっと……。

手のひらぐらいの小さな白い男の子（ハク）は、幸の鳥（アカちゃん）が何かを考えているのを見て取ると、そっと窓に歩み寄りのぞこうとしました。

しかし、そこに見えたのは、アカちゃんの二本の赤い足でした。

「ほら、やっぱりアカちゃんは僕の邪魔しているよ」

「この窓から見える景色は、ハクにはまだ早いと思うんだ」

そう言うと、アカちゃんは、前足で窓を閉めました。

「私は、ちょっと出かけてくるから、おとなしく待っているんだよ」

ハクは「わかった」と素直に返事をしました。

アカちゃんが出かけると、ハクは窓に近づいて、無理やり開けようとしましたが、どうしても開けることができず、つかれて寝てしまいました。

アカちゃんは、雲を通りぬけると、とある町の一軒の家の屋根の上に止まりました。この家には、結婚して十年ぐらい経つ四十代の夫婦が住んでいました。

旦那さんは穣（みのる）という名で、奥さんは咲（さき）といいました。

そして、庭にはつぶつぶのある赤い実をつけるヤマモモの木が二本植えられていました。今年の春、はじめて花を咲かして実をつけ、暑い夏にその実が緑から暗紫色に変わろうとしていました。

「変だと思ったんだ、何年経っても実をつけないから」、穣がそう言うと、咲は笑いながら、「まあいいじゃない。二本植えたら、こうして実をつけたんだし」と言いました。


アカちゃんは、この穣と咲の夫婦に初めて会った時のことを思い出していました。二人は、こうのとりの里で、真剣な顔をしてこうのとりを見ていました。

普通のこうのとりが友達と話し始めました。

「あの夫婦、本当に子供が欲しそうだね」

「そうだね。僕たちにそんな力はないんだけどね」

「あいつに教えなくていいのかな」

「心配ないよ。彼ならもう来て見ているよ」

アカちゃんは、こんな夫婦に子供を授けてもいいのか、神様に委ねられていました。だから、じっと遠くの木の上にとまって二人を観察していました。

そして、二人がこうのとりの里を後にすると、アカちゃんは空高く飛び上がりました。

咲は、その夜、夢を見ました。

それは、赤ちゃんの世話で毎日が忙しくて、日曜に穣に赤ちゃんの世話を少したのもうと思っていたら、穣が友達とゴルフにさっさと出かけていってしまうという夢でした。

朝、目が覚めた咲は、あまりにむかついたので穣に文句を言おうと、となりの穣の布団を見ると、めずらしく自分より早く起きていませんでした。穣は音を消して居間でテレビでゴルフ番組を見ていました。

穣は、咲に気づくと、「起きたの？　あのさ、変な事言うんだけど。ごめん、子供が出来たら休みの日は必ず、子供の面倒みるから、君は遊びにいってもいいよ。それにゴルフもやめるよ。どんなにがんばっても、僕はうまくなりそうにないからね」と言いました。

咲は、意外な言葉にびっくりしました。穣がこんな事をいうということは同じ夢を見たにちがいありません。

咲は、自分の夢の話を穣に話しました。

そして、「ゴルフはやめなくていいわ。だって、あなたのたった一つの趣味だから」と言いました。

「一年か……」

アカちゃんが、ふと感慨深げに呟きました。

屋根の上に止まっていたアカちゃんは夜更けとともに眠ったように目を閉じました。

その夜、穣と咲はまた二人で同じ夢を見ました。それは、穣が仕事が忙しく、小学生になった子供の面倒をちっとも見てくれないと咲が怒る夢でした。

次の日の朝、気まずい顔で起き上がった二人は、お互いの顔をみると、同時に「ごめんな」「ごめんなさい」と言いました。

「僕さ。思うんだけど夢の中でも子供の事で喧嘩できるなんてうれしいなって」

「私も夢の中で子供と出会えることが楽しみなの」

「あせらず、もう少し本当の子供のほうもがんばろう」「うん」

二人は、今、すごくやさしい気持ちであふれていました。

アカちゃんの顔が朝日に染まって、微笑んだように見えました。

翌日、アカちゃんはハクに「絶対、窓から外を見ては駄目だよ」といって、また出かけていきました。

ハクはいつもどおり、「開かないだろうな」と思いながら、窓に手をかけました。

すると、どうでしょう!!

窓が自然に開いて、そこから地上がよく見えました。

ハクの目は、アカちゃんが屋根の上にいたヤマモモの木が植えてある家に釘付けになりました。庭に面した窓から穣と咲が顔をだして、ヤマモモの木をながめて、何かを話していました。

ハクは、あの家に行って見たい気持ちでいっぱいになりました。

その様子を雲の陰からみているアカちゃんの姿がありました。

『これが、最後の仕事になるかもしれない』

『何もわからない魂を必要とされる体に導いて、幸せな生活をさせて長く地上にいられるようにするのが僕の仕事。とはいえ、すぐに天に帰ってくる魂を見ると、やりきれなくなるんだ』

『今度こそ、大丈夫だと思いたい』

「ただいま」

帰ってきたアカちゃんは、ハクに「明日、地上に行くけど一緒にくるかい」と聞きました。ハクは、すぐ「行く」とだけ答えました。

アカちゃんは、ハクを背中にのせると、地上に向かって飛び立ちました。

途中で羽ばたきが止まったと思うと、アカちゃんが苦しそうな顔をしました。

「だいじょうぶ？」と、ハクが聞きました。

「だいじょうぶだよ」

とアカちゃんは答えましたが、『もう余り私には時間が無さそうだ』と覚悟を決めていました。

アカちゃんは、羽に出来る限り力を入れると、

『かならず、君を届けてあげるからね』と、強く心に誓いました。

「あぶない」

アカちゃんが、ハクの声で我にかえると、もう地上まで数メートルの所まできていました。

「わぁぁぁぁぁぁ」

アカちゃんは羽を必死に動かして、地上にぶつかるのだけは何とか避けるこ

とが出来ました。

グキ……。

何かが折れる、にぶい音がしました。

『ここまでか!!』

「ハク、私はここで少し休んでから追いかけるから先に行きなさい」

アカちゃんは、元気を装ってハクを見送ろうとしていました。

「行けと言われても、どこに行ったらいいかわからないよ」

ハクは、心細くてだだをこねました。

「よく考えてごらんよ。君はどこに行かなくちゃいけないかを知っているから」

ハクは窓から見えた二人のやさしい笑顔を思い出しました。

「そうだ!!　僕は行かなきゃいけないんだ」

ハクは歩きはじめました。

ハクの後姿を力強く感じて、アカちゃんは静かに目を閉じました。

私の最後の仕事はきっとうまく行く……。

アカちゃんの姿は、霧のように消えてなくなってしまいました。

ハクがゆっくりと歩いていくと道の反対のほうから、耳が蝶のかたちをしたパピヨンという名の犬が「せっかく王子の居場所を見つけたと思ったのに、一歩ちがいで逃げられるとは、なんという不覚だ」と、ぶつぶつ言いながらあるいて来ました。

パピヨンは何か嗅いだことのないにおいを感じて立ち止まりました。

「誰かいるの……」

ハクの姿が、パピヨンの目に映りました。

「君は、誰なの!!」

「僕はハク」

パピヨンはハクの次の言葉をじっと待っていましたが、何も話さないようなので、そのまま歩き去ろうとしました。

パピヨンは、少し歩いて立ち止まって後ろをふりむきましたが、そこにハクの姿はありませんでした。

「さてと、王子を捜さないと……」

「ここは、暖かくて気持ちいい」

ハクの声がして、パピヨンがどこからするんだろうと思い、探すと、ハクはいつの間にかパピヨンの背中に乗っていました。

「ねえ、降りてくれない。僕にはいくところがあるんだ」

「僕にもあるよ」

パピヨンは体を思い切り振れば、ハクなど振り落とせると思いましたが、そんな事はやめて、「それはどこ……??」と聞きました。

ハクは「わからない」と答えました。

パピヨンはしかたないので、町の中をハクをのせて歩き続けました。

ハクは見たことのない景色に最初は見入っていましたが、だんだん飽きてきました。

「アカちゃんといた家は何もなかったけど、とっても気持ちのいいところ。でもここはいっぱいいろんな家があるけど長く居たくないな」

「早くあの家に行きたいよ」

パピヨンは「その家には何かあった?」と、やさしく聞きました。

「木に赤いいぼいぼのある小さい実がいっぱいついてた……」

それって……。

パピヨンは、鼻で必死ににおいを嗅ぐと、「やっぱりそうだ」と言いました。

「ハク降りて、君が行きたいところは、目の前の家だよ。そこから僕の大好きなヤマモモのお酒のにおいがする」

ハクが庭をのぞくと、あの窓から見えた夫婦が立っていて、ヤマモモの木を眺めていました。

ハクはふたりの間に立つと両手を挙げました。ハクの体が少しつづ大きくなって穣と咲の手にふれると、ハクは幸せそうに微笑んで消えました。

それから、一年後、二人の間に待ち望んだ男の子の赤ちゃんが生まれました。ふたりは夢で呼んでいた子供の同じ、白羽（しらは）と、名をつけました。

あわただしい一年が過ぎ、ふたりがヤマモモの実を食べていると、ゆりかごの中で寝ていた白羽が欲しそうにしたので、一つ持たせてあげました。すると、少し食べて笑うと、「あ……か……」と生まれてはじめて言葉を話しました。

秘密（セカンドストーリー）

「だから、あの古びた建物を壊してほしいと何度言ったらわかってもらえるんですか!!」

「そんな事言われても壊すのにも、お金がかかるんですよ」

この町に住むお母さん集団が、商店街の会長に直談判していました。

「だから、子供が遊びにいってあぶないからって言っているでしょう」

「しかしですね。こちらは立ち入り禁止の札をたててあるんですよ。そこに勝手に入って遊ばれてもですね……」

「なんですって……!!」

そんな会話をしている集団の横を、どこかで見たことのある若い女性が通り過ぎていきました。

そうです。あのとんでもない秘密を持っている音美です。

「今日の夕飯は、教平の好きな酢豚にしようかしら」

そんな音美の鼻に、匂ってはいけないにおいが飛び込んできました。

「このにおいは……」

「焼き芋、焼き芋、おいしい焼き芋はいかがですか？」

それは石焼き芋屋のトラックからにおってきた焼き芋の香ばしいにおいでした。


はっ。

音美がふと気づくと、手に焼き芋がしっかり握られていて、それもすでに三分の二がなくなっていました。

「どうしよう、こまったわ。どうしよう」

あっ、おしりのあたりが……。


音美は、あわてて「立ち入り禁止」の立て札の立っている敷地に無断で走りこみました。

「ぶー」

ドカドカドッカーン!!

大きな音がして、壊れかけの建物の柱が折れました。

音美は、「あっ　すっきりした」と小声でいうと何もなかったように、買い物をするために商店街に戻っていきました。

買い物をしている音美の目に小学三年生の男の子（孝）が目に入りました。

孝（たかし）は、メモを片手に、一生懸命に書いてあるものを探していました。

「いつも大変ね」

「あっ音美さん。お母さんがいつも遅くまで働いてて一人で僕を育ててくれているから、僕のできることをしているだけだよ」

「えらい、えらい」

音美は孝の頭をなぜてあげました。

数ヶ月前に、音美はこの町に引っ越してきて、たまたま、このスーパーで食材が見つからなくて困っている孝と出会い、一緒に探しているうちに友達になったのでした。

「ただいま」

音美が買い物袋をさげてアパートに帰ってきました。

「おかえり」

家の中から教平の声がしました。

「あれ、今日は早いのね」

「うん、ちょっと気になることができてね。早めにきりあげてきたんだ」

音美は、会話が変なほうに進みそうな気配を感じて、あわてて台所に入ろうとしました。

「ちょっと待って!!」

その時、テレビのニュースで商店街の壊れかけの建物が風も吹いていないのに突然壊れたというニュースが流れ始めました。

「本日、午後五時三十分ごろ、壊れかけで前々からあぶないと言われていた建物が突然壊れるという事件が発生しました」

まずい!!

「まさかと思うけど、これに関わってないよね」

ばれてる……。

音美は返事に困ってしまいました。

「この町に来た時、二人で誓ったよね。もう絶対焼き芋は食べないって……」

音美は泣きそうな声で「ごめんなさい」と言いました。

教平は立ち上がると、音美の肩に触れながら、「実は昨日、内緒で焼き芋を食べたんだ」と、告白しました。

「何ですって!! 私にはあれほど食べるなと言っておいて自分だけ食べるなんて何て人なの」

二人の言い争いは、しばし続きました。

喧嘩が終わると、教平が「しばらく一人で外出禁止ね」とぴしりと言いました。

「え!!」

「俺が帰ってきてから買い物にいけば問題ないだろ。一人だと我慢できないことがわかったからね」

「これ以上、騒ぎを大きくしたら、また引っ越しだ。せっかく慣れてきた町を引っ越したくないだろ」

音美は、しぶしぶ納得しました。

次の日、商店街では誰かを探す孝の姿がありました。

「今日は音美こないのかな？　相談したいことがあったんだけど」

家に帰った孝はランドセルから十五点と書かれたテストを出しました。

「これ、お母さんに見せたら怒られるだろうな。どうしよう!!」

孝の目には、台所にぽつんと置かれたマッチの箱が飛び込んできました。

孝は、台所にテストをもっていくと、テストを丸めて皿の上で火をつけました。

テストは瞬く間に燃えてなくなりました。

孝は安心して二階の自分の部屋に戻っていきました。

しかし、その時、まだくすぶっていたテストの切れ端が床に落ちたのに孝は気がつきませんでした。

音美がテレビを見ながら、ぼけっと教平の帰りを待っていると、音美の携帯電話が激しく鳴り始めました。

「音美、お前の力がいるんだ。早く商店街に走ってきてくれ」

教平のあわてた声から、何か大変なことが起きたことを感じた音美はすぐに家を飛び出しました。

音美が商店街に近づくにつれて空が赤く染まってきました。

「火事だ。まだ家の中に子供がいるらしい」

「誰か……助けてください」

とぎれとぎれに、いろいろな声が聞こえてきました。


音美は、人ごみを掻き分けて前に出ました。

消防隊員に押さえられている女性は燃え続ける家を見ながら必死に、

「孝、孝を助けてください。まだ、中にいるんです」


「なんですって!!」

音美はびっくりしました。

消防隊員が小声で話しています。

「こんなに火が回ったら助けようがない」

音美の顔色が変わりました。

「焼き芋、誰か私に焼き芋をください」

音美は大声で人ごみに向かってさけびました。

「焼き芋、焼き芋さえあれば……」

消防隊員は音美にヘルメットを被せました。

「私には何をするかわからないが、被っていなさい」

「私たちには、もう何もできない」


その頃、教平は必死に焼き芋を探していました。

焼き芋屋のトラックが教平の目に飛び込んできました。

「焼き芋、焼き芋を一つください」

「残念だけど、売れきれだ。あれが最後だったんだ」

店主の目を追うと、女子高生がおいしそうに焼き芋を食べながら火事とは反対方向に歩く姿が目に入りました。

「そこの女子高生、止まって!!」

教平の声で止まった女子高生の手から焼き芋を奪うと、教平は必死に走りました。

「どろぼう……」

教平は、「ごめん、後で返すから」と、後ろを振り向かずに言いました。

教平は「音美、焼き芋だ」と言って、音美に投げつけました。

音美は、焼き芋を受け取ると、「これだけ……」と思いながら、ぱくりと一口で食べました。

「みなさん、この場を離れてください。気を失いたくなかったら」

「はやく、離れて」

教平は、みんなに向かって大声でさけびました。


音美がカウントダウンをはじめました。

「5 4 3 2 1」「0」

音美のお尻から、おならがすごい勢いで噴出しました。

その場にいたみんなが、おならのくさいにおいに気絶しました。


「孝、今助けるからね」

「孝、立ち上がって！　お母さんにもう一度会いたいんでしょう!!」

音美が飛び込んで、数秒後、家を突き抜けた音美の両腕には、しっかりと孝が抱きついていました。

家の反対側には、教平に連れられた孝のお母さんが待っていました。

音美は地面に着地すると孝を放しました。

「お母さん!!」「孝!!」

二人は泣きながら強く抱きあいました。


数日後、商店街から遠く離れた別の町の病院で音美は腕に包帯を巻いてテレビを見ていました。

そのニュースのタイトルは「奇跡、空を飛んだ女性。燃えさかる家から子供を救う」です。

他の患者は真剣にテレビを見ていましたが、ふたりは苦笑いしてみていました。

「ごめんな。あんなに秘密にしろと言っておいて呼び出すなんて」

「いいわ、そんなことより孝が助かったんだから」

テレビの画面では孝がレポーターに質問されていました。

「ところで、君を助けてくれた女性はどんな女性でしたか？」

「すごく美人でやさしかったです。ただ……」

「ただ、何ですか？」

「胸はなかったです」

カチン!!

音美はわなわなと震えながら、「孝!! 今度会ったら、宇宙のかなたまで吹き飛ばしてあげるから」と言いました。

教平はそれを聞いて、冷や汗を流しながら「音美、たのむからそれだけはやめてくれ」と、なだめました。

私の友達は貧乏神　PM3：00

生まれたときから、そばにいたものってありますか？

たとえば、それは両親が飼っている犬だったり、亀だったり、植物だったり、人によりまちまちだと思います。

ここにいる、お母さんのお古のランドセルを背負った小学二年生の女の子、すずりちゃんのそばに生まれたときからいたのは、貧乏神のビンちゃんだったのです。

ビンちゃんは、髪は白く、ツギハギの服をきて、手のところがちょっと曲がった長い杖を大事そうに持っていました。

ビンちゃんは、〈外はお金持ちがいるから嫌い〉と、よく言っていますが、どんな所へもすずりが出かけるとついていきました。

〈ビン、ビン、ビン、僕は貧乏大好きビンちゃんだい〉

ランドセルを背負って家に帰る途中のすずりはピタリと足を止めました。

「だから、いつも言っているでしょう!!　おかしな歌を歌うのは止めて!!

私、はずかしいから」

〈だいじょうぶだって、僕の声はすずりにしか聞こえないから〉

〈それより、あまり僕に話しかけないほうがいいよ。まわりの人がおかしな目ですずりを見ているよ〉

すずりは、まわりの人の目を感じてあわてて駆け出しました。でも、少し走ると、また元通りゆっくり歩き始めました。


「おーい、カツ。どこ行くの?」

すずりが見つけたのは、同じクラスの勝利（かつとし）こと、カツでした。

「なんだ、誰かと思えば、すずりかよ。それにしてもランドセルって、お前まだ家にも帰ってないなんて、どこで道くさくってるんだよ」

「ねえ、ねえ、ところでカツどこ行くの?」

「塾だよ。塾」

すずりは変な顔をして聞き返しました。

「塾って成績の悪い人がいくところだよね。カツは成績いいのに何でいくの?」

「もっと成績上げたいからに決まっているだろ」

すずりには、カツが本当にそう思っているとは、どうしても思えませんでした。

「ふーん」

「俺忙しいから、もう行くよ」

カツは、さっさと歩いていってしまいました。

カツは、塾に行くのなんて本当は嫌でしたが、自分のために両親が喧嘩するのはもっと嫌だったので、しぶしぶ行くことにしたのでした。

「私もそろそろ家に帰らないと……。あれ、ビンちゃんどこへいったの？」

〈ここにいるよ〉

すずりが振り返ると、道路わきの看板の後ろからビンちゃんが現れました。

「なぜ、隠れているのよ。心配するじゃない」

〈だって、カツから僕の嫌いなにおいがするんだもん〉

「そんなの、しかたないじゃん。カツのお父さんは社長でお金持ちなんだもん」

貧乏神のビンちゃんは、その人間がお金持ちかどうか、すぐわかってしまうらしいんです。だから、嫌いなお金持ちがそばにくると体を隠してしまうのでした。


「ただいま」

「おかえり」

築三十年の古びたアパートの一室には、お母さんのしおりさんがいて、すずりを出迎えました。

「ねえ、ビンちゃん。今日はすずり、学校でどんな様子だった？」

〈今日は……〉

貧乏神のビンちゃんが話そうと口を開きました。

「なんで私に聞かないの？」

すずりが、ふくれっつらで話に割り込みました。

「なんでって、あなたは給食のおかずの話しかしないでしょう」

「他の話だって、ちゃんとするよ」

「じゃあ、ビンちゃんの後で聞くから」

「……」

すずりは、しかたないという顔をすると、ビンちゃんの話が終わるのをしおりさんが作ったれんこんチップスを食べながら待っていました。

「ただいま」

それから二時間ぐらいして、お父さんの日記くんが帰ってきました。

「おかえりなさい」

日記くんを二人が笑顔で迎えました。そして三人揃って夕食がはじまりました。

「ところで、すずり。あれは使ったかい？」

日記くんがランドセルの側面のポケットを指差していいました。

「ううん」

そこには、もし学校帰りに何か欲しくなったら、買えるようにお守りと一緒に百円玉が一つ入っていました。

本当は、五百円ぐらいもたせてあげるつもりでしたが、ビンちゃんがすずりに近づけなくなるからといって猛反対しました。

ビンちゃんは、貧乏神なのでお金が大の苦手。もし紙幣に触れたら死んでしまいます。まあ、当の本人のすずりは、お金を持っているということだけで幸せだったので使う気なんて、さらさらありませんでした。

「ただいま」

カツが塾から、自分の家にかえってきました。しかし、玄関で靴を脱いだカツを誰も出迎える人はいませんでした。

家に入っていくカツを道の反対側の離れたところから見ている二つの影がありました。

「あれが社長の息子だ。よく覚えておけよ」

中年の男が、もう一人の若い男に注意をうながしました。

「もう、バッチリですよ。兄貴」

そういう若い男を心配そうな目で、中年の男は見ていました。

リビングの横を通ったカツが聞いたのは、お父さんとお母さんの喧嘩でした。

「ひさしぶりに早く帰ってきたというのに……」

「あなたは、いつも仕事仕事でかつとしの事なんて、ちっとも考えてないでしょう」

「俺だって、ちゃんと考えているよ」

「だけど今は、会社が大変で、明日からはすごく遅くなると思う」

そんな二人の会話をよそに、カツは台所のテーブルに用意されていた冷えた夕食を黙ってたべると、自分の部屋に入りました。

（なんで、家の両親は喧嘩ばかりしているのかな。他の家もみんなそうなのかな。すずりの両親はなんだかちがう気がするんだけど……）

勉強机で椅子に座って、宿題の途中で寝ていたカツはお母さんにやさしく起こされました。

「かつとし起きなさい。帰ってきたのに気づかなくてごめんね。お風呂に着替えを置いといたから入って早く寝なさいね」

カツは、眠い目をこすって、お風呂場に向かいました。

（ふたりが喧嘩していたのも、すべて夢でありますように……）

数日が何事もなく過ぎたある日のことでした。

すずりは、学校帰り、またいつもと違う道を通ることにしました。

そして、いいにおいにつられて立ち止まりました。

においの先にあったのは、山田ベーカリーというパン屋さんでした。

会社帰りの大人のひとや、自分よりも大きな学生が店に入っていく中、すずりはランドセルの側面のポケットに手を置いて考えていました。

(食べたい……でも使ってしまったら)

「何が食べたいんだよ。俺が買ってやるよ」

後ろから、カツが声をかけました。


ふたりは、近くの公園でパンを食べながらブランコを揺らしていました。

「カツありがとう。とってもおいしいよ」

「いいよ、お礼なんて。たった七十円のパンなんだから」

「たったじゃないよ。お父さんが一生懸命働いたお金だよ」

カツは、一瞬すずりを見ると、また正面をむきました。

「でも、そのお金のためにお父さんは仕事ばかりで、たまにふたり揃うと喧嘩ばかりしているんだ」

すずりは、日記としおりの喧嘩を思いうかべながら、(喧嘩って楽しいものじゃないの???　うちの両親もよく喧嘩しているけど、その後二人で笑っているよ)と言おうとしましたが止めました。

それより、ビンちゃんが平気な顔をして自分のそばにいることに少し不安を感じていました。

「……」

「勝利君ですか？」

ふたりがそろそろ帰ろうと思った時、知らない男の人が、カツに声をかけました。この男は、前にカツの家を見ていた二人組の若い男でした。

「そうですけど」

「私はお父さんの会社のものですけど、お父さんが会社で倒れて、あなたを捜していたんです」

「お父さんが……!!」

カツの顔色が青くなりました。

「一緒にきてもらえますか？　お母さんは先に病院に向かわれました」

カツは知らない男の車に乗せられようとしていました。

〈僕たちも一緒に行こう〉

ずっと、そばにいて黙っていたビンちゃんが、急にすずりに話しかけました。

「え!!」

すずりは、ビンちゃんの言うままに一緒に乗り込もうとしましたが、男は、

「降りてください。あなたは関係ないでしょう」と最初はやさしく言っていま

したが、それでも無理に乗り込もうとするすずりに「おまえはいいんだよ」と強くしかりました。

カツはそんな様子を見てて、「すずりと一緒じゃなきゃ行かない」と言い出したので、しかたなくすずりも乗せました。

運転席のもう一人の男が、バックミラーごしに、若い男に目で合図をしました。「着くまで少し時間がかかりますから」と、若い男がふたりにジュースを与えました。

ふたりは、飲んでしばらくすると寝てしまいました。

「兄貴、睡眠薬が効いたみたいです」

「手はずどおり、すぐ電話しろ」

「ふたりになりましたが身代金はどうします?」

「よく見ろ、女の子が持っているのはお古のランドセルだ。そんな家がお金持ちのはずじゃない。予定通りでいい」

「わかりました」

ビンちゃんは二人を観察しながら思っていました。

〈ああ、すごく嫌な感じがする。僕はびんぼうは好きだけど、この人たちのにおいはちがう。甘い。すごく甘いにおいがする。それは、びんぼうな人間が越

えてはいけない線をこえたにおい。たまに出会ってしまう悲しい人間のにおい〉

ビンちゃんは、寝ているカツとすずりの間で、ぶつぶつつぶやいていました。

ふたりが連れられてきたのは、病院ではなく、取り壊しを待つ古いビルでした。もっとも、眠っていたふたりは、二人の男に抱きかかえられて運び入れられたので、ここがどこなのか知る由もありませんでした。

目を覚ましたカツとすずりが見たのは、ふたりの男がコンビニで買ってきたおにぎりを食べている風景でした。

「お父さんはどこですか⁉」

カツが男たちに話しかけました。

「ここにお前のお父さんはいない。お前たちは、俺が誘拐した」

「!!」

「お前たちは子供だから縛ったりはしないが、もし暴れたらその時は命の保障はしないからな」

カツの顔が青ざめました。しかし、すずりはというと「誘拐」という言葉を聞いた時、ビンちゃんがなぜ自分を車に乗せたかったのかがわかりました。もし、一緒にいたカツだけが誘拐されたら、自分の性格を知っているビンちゃんは、自分が一生後悔するとわかっていたのです。


日記くんとしおりさんは、なかなか帰ってこないすずりを心配していました。

「少し、帰りが遅くないか!!」

「だいじょうぶよ。ビンちゃんがそばにいるはずだから……」

チリリリリリリ
電話が音をたてて鳴り出しました。

「はい、すずりは私の娘ですが……」

「何ですって、身代金誘拐???　そんな馬鹿な。うちの娘を誘拐してもお金なんてありませんよ。………はい、わかりました」

心配そうにみるしおりさんに、日記くんは「すずりが誘拐されたらしい。すぐに使いをよこすから一緒に来て欲しいと言われた」と話しました。

しおりさんは、箪笥の引き出しから貯金通帳を出して眺めると、すぐしまいました。

「なんとかなるわ」

「ならないと思うけど……」

「後はビンちゃんにまかせるしかないわ」

二人は、ビンちゃんの顔を思い浮かべて「ビンちゃんて強かったっけ」「さあ、いつもフラフラしているのしか見たことないけど」

しおりさんは、事の重大さに今はじめて気づきました。

日記くんとしおりさんが連れてこられたのは警察ではなく、カツの大きな家でした。

応接間に通された二人は、電話の前に座り込んで頭を抱えているカツの両親をみました。警察の説明では、五時間以内に、一億の金を用意して、ある場所に来るように指示をうけているということでした。

「君らの娘の分も入っているんだ。少しは用意できるんだろうな」

カツのお父さんは、うつむいていた顔をあげて、そう言いました。

日記は、かばんから貯金通帳を出すと、カツのお父さんに見せました。

「……!!」

「なんだ、これは」「残高三十円って」

「それが、今の私たちの全財産です」

「だから貧乏人は嫌なんだよ。ちっとも努力しないから、こんなにお金がないんだ」

日記くんは、しばし考えてから、こう言いました。

「私たちに、すずりの身代金を払うお金はありませんし、ここにいても何も役にたちそうにないので家に帰ります。どうか、すずりのことをよろしくお願いします」

ふたりは、手をつないで歩きながら、すずりが生まれてから今までのことを考えていました。

「心配いらないよ。すずりはきっと無事に僕らのところに帰ってくるから」

「……」

「私、すずりが無事に帰ってきたら、働こうと思うんだけど……」

「家が貧乏なのを気にしているの？　僕は今のままでいいよ。だって、すずりが帰ってきても、誰も『お帰り』って言ってあげなかったら、すずりがかわいそうだよ」

しおりさんは、日記くんを見てなんだか安心しました。この人となら、ずっとすずりと幸せに暮らしていけそうだと。

「そうよね。それにお金持ちになったら、ビンちゃんがいなくなってしまうかもしれないしね」

「そう、そう。僕らの縁結びのビンちゃんには、ずっといてもらわないとね」

この二人は、ビンちゃんによって結ばれたのですが、それは別の話です。

日記たちの帰ったカツの家では、カツのお父さんが警察官に話をしていました。

「さっきはああ言いましたが、私の会社は数時間前に倒産して、一億というお金を用意することができないんです」

「問題は時間なんです。一週間ぐらい前から不審者がうろうろしていると通報がありましたので警戒していたのですが、どうも今日はちがう道で誘拐されてしまったみたいです。ただ、車の番号はわかってますので手配はしてあります」と、警察官が言いました。

「カツ、だいじょうぶ、なんだか顔色悪いよ」

「う。うん」カツが苦しそうに言いました。

「あの、カツを返してあげてください。私がいますから」

誘拐犯は、鼻で笑うと、すずりを殴りました。

すずりは、生まれてはじめて殴られて痛かったのですが、ここで泣いたらカツが心配すると思って我慢しました。

「おまえのような貧乏人を誘拐したってしかたないんだよ」

若い男が、ほほを押さえているすずりを見ていいました。

〈よくも、すずりを殴ったな〉

怒ったビンちゃんは、二人の誘拐犯を長い杖で思い切りなぐりました。

が、その杖は二人の体を通りぬけただけでした。

〈すずり、おまもりは今どこにあるの？〉

そういえば、ランドセルはどこにあるんだろう！！

ランドセルは、犯人のすぐそばにありました。

〈犯人にお守りを渡して、そうすれば……〉

「私のランドセル返して……中に私の大切なお守りが入っているから」

兄貴と呼ばれていた男はその言葉を聞くと、ランドセルからお守りを出して、笑いながら袋を破りました。

袋から、すずりの両親が持たせてくれた百円玉が床に落ちました。

その百円玉は、すずりにとっては普通の百円玉に見えましたが、犯人にとってはちがっていました。

犯人が見た百円玉は、太陽のような高熱を放っているように見えました。

「うわぁぁぁぁぁぁぁ」

二人の誘拐犯は、その百円玉から逃げるようにビルから飛び出して行きました。

「ねえ、ビンちゃん。何をしたの？？？」

すずりがビンちゃんに聞きました。

〈僕の杖って、僕が本気で殴ると、殴った人間は貧乏神になるんだよ。簡単にいうと、お金がすごく怖いものに見えるんだ。しかも一生。だから、彼らはもうお金に触れることが出来ないから、普通の生活は出来ないよ。僕のすずりを殴ったからね。その罪はすごく重いよ〉


犯人は、巡回していたおまわりさんに捕まえられました。

その直後、カツとすずりは見つかりすぐに保護されました。

二人は、すぐ病院で手当をうけて、すずりはすぐ家に帰れましたが、カツは入院になりました。


次の日、日記としおりに連れられ、すずりがカツの病室を訪ねると、カツは病院のベッドでにんまりと笑いながら、まんがを読んでいました。そのそばにカツの両親がいて、すずりを見て、深々と頭を下げると、お礼を言いました。

「カツをかばってくれたんだってね。本当にありがとう」

「カツのために怪我までさせてごめんなさいね。痛くない？」


「私は平気。それよりカツはいいの？？？」

「この子は、昔から緊張するとお腹が痛くなるくせがあって……。もう大丈夫」

「それより、少し、カツと話をしてくれない？　カツが話があるみたいだから」

「私は君のお父さんとお母さんと話がしたいから」


カツのお父さんは、病院のロビーで、日記としおりに頭を下げました。

「お前はがんばらないから貧乏なんだと大声で怒鳴ってすいませんでした」

「本当のことですから、何も気にしていませんよ。それより子供たちが無事に帰ってきて本当によかったですね」

「本当ですね」

カツのお母さんとしおりは、その言葉を聞いて目をうるませていました。

その頃、病室では、カツが急に読んでいたまんがをまくらの横におくと、真剣な目をして、すずりの方を見ました。

すずりは、じっとみられて、少してれくさそうにしていました。

「前から聞こうと思っていたんだけど……」

「何……？」

「そいつは誰だ」

「そいつって誰のこと？」

「そいつだよ。お前の後ろでめずらしそうに病室の中のものを見ている杖をもった白い髪の男だよ」

これには、すずりもビンちゃんもびっくりして、ビンちゃんはカツを、すずりはビンちゃんを見てしまいました。

「やっぱり、すずりもわかってて一緒にいるんだ」

すずりは、どうごまかそうか必死に頭をフル回転させていました。

「別に、誰にも話さないよ。ただ、そいつが何者か知りたいだけなんだ」

すずりは、ビンちゃんのほうを向くと、「話していい」と小声で聞きました。

ビンちゃんは首を縦にふりました。

「これはビンちゃん。貧乏神のビンちゃんだよ」

ビンちゃんが、やさしい顔でカツに会釈しました。

〈よろしく!!〉

「ねえ、ビンちゃん。もしかしてビンちゃんが見えるということは、カツの家って貧乏になったの？？？？」

カツは笑いながら「そうだよ」と言いました。

「さっき、倒産したって言っていたからね。これで嫌いな塾にいかなくてよくなったし、何より、お父さんがしばらく家にいるっていっていたのが、すごくうれしいんだ」

カツの笑顔につられて、すずりとビンちゃんも笑いました。

普通の生活に戻って、一週間がすぎた日曜日。

すずりのアパートのチャイムがなりました。

「これから隣に住むことになりました……」

そこまで言うと、中からガチャリと音がして、ドアが開きました。

「あっ、やっぱり……」

ドアの前に立っていたのは、カツの両親とカツでした。

両親たちは、照れくさそうに笑っていましたが、カツとすずりは例の歌を青空に向かって歌い始めました。

「ビン、ビン、ビン、僕は貧乏大好きビンちゃんだい!!」

ビンちゃんは、ふたりのまわりをいつまでもうれしそうに漂っていました。

妖精のパズル

町から、少し離れた、まだ自然が残っている森の入り口に、そのパズル屋「ブルーコレクション」はありました。

そこを目指して走るセーラー服に身を包んだ少女、祐実子（ゆみこ）には、目的がありました。

パズル屋さんの入り口の扉をそっとあけた祐実子は、壁にかけられた一つのジグソーパズルの前で、うっとりとその絵を見つめていました。その絵は青い瞳の羽の生えた妖精が、少年に赤い薔薇を手渡そうとしているまぼろしの2500ピースの完成品で『妖精のパズル』という名が付けられていました。

「その絵がそうとうお気に入りのようですね」

ドキッ！

その声に驚いた祐実子はゆっくりと後ろを振り向きました。

そこには、この店の店長のブルーが立っていました。

ブルーは、背がすらっと高く、年齢も二十代のさわやかな青年でした。

祐実子がここに来る目的は、はじめは、この店長のブルーに会うためでしたが、いつしか『妖精のパズル』のほうが気になりはじめていました。

「このパズルは、とってもいい絵だと思っています。でも、毎日眺めているうちに、ほんの少し何かが足りない気がするようになったんです」

「!!」

ブルーは、少し驚いた表情を見せましたが、すぐにいつもの冷静な口調で、

「残念ですけど、その絵はお譲りするわけにはいきません」と、まるで今の祐実子の話を聞いてなかったように言いました。

「買う気はありません。毎日こうして見ているだけで幸せなんです」

「今までにジグソーパズルを作ったことはありますか?」と、ブルーが尋ねました。

「小さい頃に、簡単なものを作っただけで、大きくなってからは全然です」

と、祐実子が答えました。

ブルーは、その返事を聞くと、山積みの棚から一つのパズルの箱を引き出し、祐実子に見せました。

「よかったら、これなんか最初にはぴったりですよ。５００ピースですし……」

「わっ、かわいい猫」と、祐実子が声を上げました。

「今なら、枠つきで千円ですが……」

「じゃあ、買います」

祐実子は、枠とパズルを大切にかかえて店をでました。

「完成したら見せにきますね」

「楽しみに待ってます」

ブルーは、微笑みながら祐実子を見送りました。

祐実子が見えなくなると、「木の陰に隠れてないで出てこいよ」と、ブルーが誰もいない木に向かって言いました。

「あれ、ばれてた」

木の陰から現れたのは、ニットのカーディガンにデニムのパンツ姿が似合う見るからにかわいい女性でした。

「あいかわらず、商売繁盛のようね」

「カントナータは、あいかわらず暇なんだね」

「冗談でしょう。この手帳見てよ。デートのスケジュールがびっしりよ」

「なら。来なければいいのに」

「そういうわけにもいかないのは、あなたが一番わかっているでしょう。今日はこれで引き上げるけど、また来るわ」

そういうと、カントナータは小走りに走っていきました。

「僕はいつまでこうしていられるんだろうか⁇」

そう、ブルーはつぶやくと店の中に入っていきました。


「祐実子、ごはんよ」

祐実子の家では、何度呼んでも部屋からでてこない祐実子をキッチンのテーブルで待っている両親が気にしていました。

「まさか、勉強しているわけではあるまい」

「それはないと思いますけど……呼んできます」

それから十分!!

「あいつ、何やっているんだ！　呼びにいって帰ってこない」

お父さんが、祐実子の部屋をノックしました。

「祐実子、入るよ」

そこで見たのは、二人が必死にパズルを嵌めている姿でした。

「だから、私一人でやるから、お母さんはさわらないでよ」

「だって、さっきから見てたけど、ちっとも進まないから」

お父さんも、しばし眺めていましたが、しびれをきらして、

「先にご飯にしないか!!　祐実子も母さんも」と、言いました。

祐実子は、さっさと夕食を食べると、すぐ部屋にもどっていきました。

「なんで、あんなパズルぐらいで必死になるんだろう?」

「ふふふ、あなたはいつも女心がわかってないから」

「どうゆう意味だよ」

お父さんはお母さんの意味深な言葉に少しむっとしていました。

祐実子は、必死にパズルに向き合っていました。

こんなの、すぐ出来ると思っていたのに……。

一晩で作ってブルーにびっくりしてもらうんだから。

朝、目を覚ました祐実子は完成したパズルを見て、ほっとしました。

しかし、次に目に飛び込んできた机の上の時計はすでに八時を回っていました。

「わっ、完全に遅刻だ。どうしよう？？？　まあ、いいか。遅刻ついでに、この完成したパズルをブルーに見せに行ってこよう」

祐実子がブルーコレクションの前までくると、店の中から聞いたことのない女性の声が聞こえてきました。

「これ見てブルー。私、たった一晩で1000ピースを完成させたのよ」

「それはすごいですね」と、ブルーが答えました。

すると、別の女性の声で

「私も、850ピースだけど、昨日一日で完成させたのよ」とブルーに話す声が飛び込んできました。

祐実子は、自分と同じようなことを考える女性がたくさんいることを知りました。

しかも、自分よりむずかしいパズルを……。

祐実子は店には入らず、パズルを入り口の扉の横に置くと学校に行きました。

ガラ……。

祐実子は授業中にもかかわらず、教室の戸を開けて入ると、自分の席に着き、顔を伏せて寝てしまいました。

そして……。

「ブルーのばか」と、大声で寝言をいいました。

教室内は大爆笑につつまれましたが、祐実子は放課後まで寝続けました。

「帰るわよ、祐実子」

そんな睦子（むつこ）の声で目を覚ました祐実子は、まわりを見渡して、ここが学校であることに気がつきました。

「学校？？？」

「何、寝ぼけた事を言っているのよ。遅刻してきて、あげくの果てに寝言で『ブルーのばか』と言った。あなたの心臓にこっちは驚いているのよ」

祐実子は、はずかしく、また顔をふせました。

「ふーん、そんな事があったんだ」

学校からの帰り道で、祐実子は友達の睦子に、すべてを話しました。

「で、これからどうするの？」

「しばらく、ブルーコレクションには行かないことにするわ」

「それがいいかもね。あっ、私こっちだから、バイバイ」

「バイバイ」

こうして、睦子と別れた祐実子は家路につきました。


「誰だろう？　すごくきれいな女性……」

祐実子の家のそばに、Ｔシャツにビッグジャケットを着てハイウエストストスカートを穿いて、サングラスをかけたカントナータが立っていました。

祐実子が近づくと、サングラスを右手で少しさげて、祐実子の方をチラリと見ました。

「祐実子さんね。ブルーのことで話があるんだけど」

「ブルーとは、どうゆう関係ですか？」

なるほど、まずはそっちのほうに興味があるわけね。

「私とブルーとはね。単なる親戚よ。私、ブルーのお母さんにブルーに家に帰るように説得してと頼まれたの。彼の家、ちょっとゴタゴタがあって。彼、今、家出中なの」と、カントナータが早口で言いました。

「あなたが説得すればいいんじゃないですか!!」

「私も言うだけのことは言ったんだけど、彼、ああ見えて頑固だから」

「カントナータ、見つけ!!」

遠くから、インテリ系美男子の成彦（なるひこ）が駆け寄ってきました。

「デートの途中で、どこへ行ったかと思ったら、こんなところで何をしてるんだい」

「連れが来ちゃったから行くけど、ブルーの事、たのんだわよ」

「さあ、行きましょう」

カントナータは、成彦と腕を組んで、さっさと行ってしまいました。

ブルーの彼女ではないみたいだけど、親戚というのはあやしい気がする……。

次の日、学校で祐実子は、昨日あったことを睦子に話しました。

「で、どうするの??」

「どうしたらいいかわからないから、相談しているんじゃない」

「その女のいう通りにするのが癪にさわるわけね」

「彼女が私にブルーの事をたのんだ時の目は、すごく真剣だったと思うの。だから、ブルーは家に帰ったほうがいいと思うの」

「でも……」

睦子は、祐実子が心配していることがわかりましたが、だからと言って「やめたほうがいい」とは言えませんでした。

「当たってくだけろ!!」

そう睦子が言うと、祐実子の顔がぱっと明るくなりました。

「睦子のその言葉を待ってたのよ」

「ブルーコレクションにいってくる」

走り出した祐実子の背中を見て、深いため息をつく睦子でした。


ブルーコレクションにやってきた祐実子は、ブルーのいないことにほっとしました。

「しかし驚きました。一晩で完成させるなんて」

ブルーが、奥から祐実子の作った「猫のパズル」をもって現れました。

「はい、これはお返しします」

祐実子は、パズルを受け取ると、ブルーを真剣な目で見ました。

そして……。

「私、家に帰ったほうがいいと思います」と、言いました。

ブルーの顔がみるみる曇って、祐実子の見たことのない顔をすると、「事情もしらないくせに、そんな事は言って欲しくない」と、大声で怒りました。

「ごめんなさい」とだけ言うと、祐実子は店を泣きながら飛び出していました。


店の中に一人残ったブルーは、壁に手をついて反省していました。

「なんで、あんな事を言ってしまったんだろう」

「その様子だと、祐実子が来たのね」

ブルーが、カントナータを睨み付けました。

「やはり、君の差し金だったんだな。まさか、こんなやり方をするなんて」

「帰る気になった……」

「もともとは、君の責任なんだぞ。なんで、帰らなければいけないんだよ」

「あなたには、悪いことをしたと思っている。でもね。このままにはしてはおけないのよ!! 一週間だけ猶予をあげるから考えなさい」

カントナータは、それだけ言うと、黙って出て行きました。

「僕はどうしたらいいんだろうか???」


カントナータと、スポーツ万能男の長武（おさむ）がテニスの後、カフェでお茶をしていると、カントナータのスマートフォンのアラームが鳴りました。

「私、そろそろ行かないと……妹と映画を観る約束なの」

「近くまで、俺のスポーツカーで送っていくよ」


映画館の傍で、カントナータを降ろした長武は、車を動かそうとバックミラーでまわりを確認していると、カントナータに近づく男が目に飛び込んできました。

「今日の映画は、すごくお勧めで楽しいと思うよ」

成彦がカントナータに話しかけました。

長武はあわてて車から降りると、ふたりに駆け寄りました。

「お前は誰だ!!」長武が成彦に大声で叫びました。

「君こそ誰だよ。これからカントナータと映画を観るのに邪魔するなよ」

「何、お前のような細い男が、カントナータとつりあうわけがない」

「まったく、筋肉だけの男が……」

ふたりが、取っ組み合いの喧嘩をはじめようとするのをカントナータが止めました。

「もう、ふたりともいい加減にしなさい。これ以上、喧嘩するともうデートしないからね」

二人は、その言葉でピタリと動きを止めました。

カントナータは、ふたりの肩をやさしくポンと叩くと、「じゃあ、今日は帰るわ」と言って二人を残して帰ってしまいました。

成彦は、カントナータの姿が見えなくなると、「僕の方がカントナータと長く付き合っているのだから、お前、手を引け」と、言いました。

「馬鹿なことを言うなよ。俺の方が長いんだから、お前が諦めろ」と、長武が言い返しました。

「では、聞きますが、いつからですか⁇」と成彦が聞くと、

「八月二十日、今日でちょうど一ヶ月だ」と、長武が答えました。

それを聞いた成彦は、びっくりしました。

「そんな馬鹿なことがあるわけがない!! まったく同じ日にカントナータに出会ったなんて」

カントナータがブルーに告げた約束の日の前日。

放課後、教室でぼおっとしていた祐実子に睦子が言いました。

「そんなに気にしているのだったら、もう一度、ブルーに会ってきたらどうなの?」

「でも、ブルーをすごく怒らしちゃったから」

祐実子は、机に顔をふせて、ブツブツひとり言を言いました。

「キャー キャー」

「何かしら、校門前がいやに騒がしいけど……」

窓から、睦子がのぞくと、校門の傍に青い目をした青年が立っているのが見えました。

「誰かしら、目の色が違うから外国人だと思うけど……」

睦子のその言葉で、祐実子は飛び起きて、教室を飛び出しました。

「ブルー……」

祐実子は、ブルーに走りよるとうつむきかげんに、そう声をかけました。

「顔をあげてください。あなたは悪くない」

祐実子は顔をあげて、ブルーを見ました。

ブルーは、大きな布でていねいに包まれた四角いものを持っていました。

「それって、まさか」

「わかりますか、あのパズルです」

「ようやく、あの店をやめて田舎にもどろうと決心して、いろいろ処分したのですが、このパズルだけはどうしても手放せなくて……」

「それで、祐実子さんにもっていてもらいたくて……」

「私でいいんでしょうか？」

祐実子は、ブルーの目を見ながら、聞きました。

「あの店を開いてから、いろんなお客さんと話をしました。そして、行動も見ていましたが、この絵にあんなに興味を示してくれたのは、あなた以外ありませんでした」

ブルーは、祐実子の手を握り、「大切にしてください。決して壊してはいけませんよ」と言うと、パズルを渡しました。

「わかりました。大切にします」

「ありがとう。さようなら」

ブルーは、祐実子に最高の笑顔を残すと、安心したかのような軽い足取りで去っていきました。

「彼がブルー。かっこいい人ね」

睦子の声で、我に返った祐実子は、周りを見渡しました。

「ブルーはどこ？？？」

「何言っているの！　もうとっくに行っちゃったわよ」

「私、手を握られて、びっくりして……」

祐実子は、薄暗い空を見上げ、「パズル濡れると大変だから、帰るね。バイバイ」と言うと、パズルをしっかりと抱きかかえて帰っていきました。


約束の日、カントナータはブルーコレクションの前で立ち尽くしていました。堅く閉ざされた扉には「今までブルーコレクションを愛していただきありがとうございました。一身上の都合により本日限りでこの店をたたむことになりましたので何卒よろしくお願いします」と書かれてありました。

「あのパズル、どうするつもりかしら？　まさか壊したりはしないと思うけど……」

それから数日が過ぎました。

祐実子の部屋の『妖精のパズル』の前で、祐実子のお母さんがパズルをじっと見つめていました。

「それにしても、このパズルよく出来ているわね。私には、こんなのとても出来そうにないわ」

「そんな事ないよ。簡単だよ」

誰かが、そう答えました。

お母さんは、周りを見渡しましたが誰もいませんでした。

「簡単、簡単、簡単……」

誰かがゆっくりと繰り返しました。

その声がお母さんの頭の中で聞こえつづけました。

お母さんの目がゆっくり閉じていきました。

そして、気がつくと目の前には、『妖精のパズル』はなく、バラバラになったパズルのピースが散らばっていました。

「どうしよう？　これ……」

お母さんは、とりあえず散らばったパズルのピースをかき集めると、パズルを手にとり嵌めようとしましたが、ちっとも合うピースがなかったので組み立てるのをあきらめて部屋を出て行きました。

　すると、バラバラのピースから蜃気楼が立ち上りはじめました。


「ただいま」

　学校から帰ってきた祐実子が観たのは、エプロンをつけて料理を作っている父親の姿でした。

「おかえり」

「やだ、何よ。エプロンなんかして……」

「母さんが実家に帰った」

「冗談でしょう!!」

「それ読んで見ろよ」

　お父さんが指さしたテーブルの上には、紙にお母さんの字で走り書きがしてありました。

「祐実子ごめんなさい。お父さんには迷惑かけるけど、しばらく実家にかえります」

「何なの、これ……」

「読んだ通りさ。家に帰ったら母さんがどこにもいなかった」

「!!」

祐実子は急に何かに気づいて二階の自分の部屋に駆けあがりました。

部屋に入りすべてを知った祐実子は、その場に頭を抱えて座り込んでしまいました。

「あれほど、私の部屋に入らないでと言っておいたのに……」

「ブルーにあやまらないと……」

「ううん、そうじゃない。私の手でもとの絵にもどす。それが私のやるべき事」

祐実子が、ひとつのピースを手に持つと、ブルーの声が聞こえてきました。

「だめ!!」

その声で祐実子はピースを手放しました。

「作るのはカントナータに会ってから」

「パズルのピースは一つとして同じものはないよ。だから一つ一つは小さな意思をもってて、自由が大好きなんだ。だからはめ込まれたら、その自由が奪われると思っているから、そう簡単にははめさせてはもらえないよ。それだけは覚えておいて」

「ブルー、あなたは今どこにいるの?」

祐実子の声は部屋に響き渡りましたが、その質問に誰も答えるものはいませんでした。

「……」

祐実子は、すっと立ち上がると、お父さんに聞こえる声で
「お父さん、お母さんに電話して、私怒ってないから、早く帰ってくるように」

カントナータは、今日もブルーの行方を捜していましたが、見つけることは出来ませんでした。

「もう、どこへ行ったのかしら???　まったく……」

「えい、今日は捜すのをあきらめて、デートしようっと」

カントナータは、いつも通りスマートフォンで成彦と長武に時間をずらして連絡しました。

カントナータが公園のベンチで待っていると、成彦と長武が二人揃って現れました。

「なんで……」

「僕ら決めたんだ。僕の知らないところで長武とデートしているなんて許せない」と、成彦がいいました。

「俺も成彦と君が、俺の知らないところでデートしているのが許せない。それなら三人一緒にデートすればいい」

長武がカントナータを見て言いました。

二人に真剣なまなざしを向けられたカントナータは「いいんじゃない。だって、その方が楽しそうな気がするし……」と、笑いながら口に出して言いました。

しかし、心の中では「もう、そんなに長く、この世界にいられないから」とつぶやきました。

「三人でどこ行こうか？」

「カントナータはどこ行きたい？」

成彦が聞きました。

「そうね。遊園地なんてどうかしら……」

「いいね。そうしよう」長武がすぐ賛成しました。

「じゃあ、決まりだ」と成彦が言いました。

遊園地で、ささいな事で張り合う二人を見ているのが、だんだん楽しくなっていつまでもこうしていたいと、カントナータは思いました。

さんざん乗り物を乗り回した三人は、遊園地のベンチにすわって、ソフトクリームを食べていました。

成彦と長武は目で「お前、聞けよ」とお互いに言い合っていましたが、しかたないという風に長武が口を開きました。

「カントナータ、君と会った日が……」

カントナータは、長武の言葉が耳に入る前に、西の空を見て立ち上がりました。

カントナータには、『妖精のパズル』からあふれ出た蜃気楼が見えていました。

「あっちの方角は祐実子の家のほうね」

「ブルーは祐実子にパズルを渡し、そして誰かが壊したのね」

「成彦、長武。悪いけど一週間ぐらい私とキャンプに行ってくれないの⁉」

成彦と長武は、すぐ「いいよ」「ＯＫ」と返事をしました。

そして「何か準備するものはあるの？」と、二人はカントナータに聞きました。

「そうね。いろいろいるかもね」と、笑ってカントナータは答えました。

次の日、祐実子はお母さんのいつものお味噌汁のにおいで起きました。

「おかえり、お母さん」

「パズル壊してごめんね」

「いいよ。学校から帰ってきたら、すぐ作るから」

祐実子は、いつも通り学校に向いました。

しかし、祐実子が観たのは、校門前で事態が飲み込めずに、ただ佇む多くの生徒たちでした。

「祐実子、遅いよ」

「睦子、これって何？　みんな、なぜ校舎に入らないの?!」

睦子は、今来たばかりの祐実子に自分が見てきたことを伝えました。

「またまた冗談でしょう」

「本当だって……」

祐実子は、睦子の言葉を信じず、グラウンドを抜けて校舎に入り、自分の教室に入っていきました。

教室の扉を開けて中を見た祐実子は言葉をつまらせていました。

教室には、世界中の国々の人々が、しかも年齢も子供から老人までまちまちの人が、まるでそこが自分の席だという顔をして座っていました。

しかし、なぜか自分の席だけ誰も座っていませんでした。

祐実子が戸を開けると、教室にいる世界中の人々からいっせいに拍手が湧き起こりました。

「われわれを自由にしてくれた救世主の娘さんに拍手」

「えっ」

祐実子がとまどっていると、二、三人が「座って座って」というので自分の席に座りました。

チャイムが校舎に鳴り響くと、宇宙服を着た先生が現れました。

「まず、今日の授業は……」と言って、黒板に「三次元での生活の仕方について」と書きました。

そして、話し始めようとしたとき、祐実子と目があいました。

「お前たちは馬鹿か!!」

先生が祐実子を指さして「その娘は、我らを暗い牢獄に閉じ込める力をもった娘だぞ」と言いました。

教室にいた人々は、ブルーコレクションで『妖精のパズル』をじっと見ている祐実子の姿を思い出しました。

今まで友好的に見ていた目が、まるで怖いものでも見るような目に変わりました。

その時、教室の扉が「バシッ」という大きな音を立てて開くと、アーミースーツを着たカントナータが飛び込んできました。

「祐実子、早く逃げて」

祐実子は、席を立ち上がると廊下に飛び出していました。その後ろを走るカントナータが、追いかけてくる人間に、水鉄砲でかたっぱしから水をかけていました。

水をかけられた人間は、急に力を失ってぐったりしてうごかなくなりました。

祐実子とカントナータがグラウンドに走り出ると、「せえの」という掛け声とともに成彦と長武が手洗い場につないだホースから追いかけてくる人間めがけて水をかけ続けました。

「とりあえず、ひと安心ね」

カントナータが祐実子に話しかけました。

「あのパズルは、あのパズルを大好きな人間にしか作れない。そして作り始めたら、完成するまでずっと休まず作り続けないといけないの」

「だから、昨日ブルーに止められたんだ……」

「ブルーに会ったの？」

カントナータが祐実子に聞き返しました。

「ううん、昨日パズルを作ろうとしたら、ブルーの声がどこからか聞こえてきただけ。こうしてカントナータに会うこともブルーにわかっていたみたいだけど」

「そう」

校門のそばにいた睦子が祐実子に走りよってきました。

「すぐもどってこないから、すごく心配してたのよ」

「ごめん、いろいろあって」

「私、やらなきゃいけない事が出来ちゃったから、とうぶん学校これないと思うからよろしくね」

睦子は、こんな信じられないことをその目で見てきたのにもかかわらず、さわやかな態度で今、目の前を通り過ぎていった祐実子を不思議な目で見ていました。


祐実子は、家の前の道路に大きなテントがはられているのを見てびっくりしました。

「あなたが、パズルを完成させるまで、私がここにいて邪魔者をおっぱらうから安心してね」

「それはうれしいんですけど、変な事をやって警察に捕まったりしないでよ」

「わかっているって……。祐実子は少しでも早くパズルを完成させてね」

祐実子は、「了解!!」といって家の中に入っていきました。

カントナータは空を見上げて「ブルー……」とつぶやきました。


「私、パズル完成するまで、部屋から出ないからね」と、祐実子が言うと、お母さんは「がんばってね。お父さんと応援しているから」と言いました。

部屋に入った祐実子は、お菓子やジュースがいっぱい置いてあるのを見て驚きましたが、こんなに多くのピースを嵌められるのかなという不安な気持ちのほうにすぐ心が支配されてしまいました。

祐実子は、深呼吸をして「よし」と声を上げると、あの毎日眺めていた絵を頭に描いて、ピースを手に持ち、作り始めました。


「はじまったわね」

カントナータが誰にいうわけでもなく、そう言いました。

北の曲がり角から、大きなリュックを背負った成彦が現れると、南の曲がり角から、さらに大きなリュックを背負った長武が現れました。

二人は、お互いの姿を認めると、どちらからともなく駆け出しました。

「頼まれた食料買ってきました」と成彦が言うと、「こっちは山ほどの秘密兵器を買ってきたぜ」と長武が言いました。

　カントナータは、「これで何とか、なりそうね」と言いました。そして、空を見て「後は……」と言いました。


　テントの中で、カントナータと成彦と長武は、ノートパソコンでテレビの天気予報を見ていました。気象予報士は、まだ大学を卒業したばかりの女性のようでした。

「この娘って……」と、成彦が言いました。

「まちがいないよ。台風少女だ」と、長武が言いました。

「台風少女って……」とカントナータが聞きました。

「数年前に街角インタビューで、いきなり聞かれてもいないのに『三日後に台風がこの町に上陸します』と言ったんだ。その時、テレビを見ていたみんなは笑っていたんだけど、三日後に本当に台風がその町に上陸して、みんなが驚いた。あの少女だ」と、成彦が説明しました。

「そう、確か名前は渚と言ったっけ」

　パソコンのテレビ画面では「今夜から降り出す雨は、数日続くものと思われますので注意してください」と、気象予報士の渚が言っていました。

「なにはともかく、最初の数日が雨で助かるわ。これで敵の数が少しは減るはずだから」

雨の降りしきる中、テントのまわりには、いろんなバケツやなべなど、水が入る容器がすべて並べられて、いろんな音をならしていました。

祐実子は、枠のピースと、そうでないピースを分け、最初に枠の部分を作っていました。

「やっぱり、５００ピースのパズルとは、ぜんぜんちがう。すごく、むずかしいわ。でも、完成させてブルーにあやまらないと……」

天気予報通り、雨が数日降り続き、夕方には小ぶりになり、空に星が輝くそんな夜になりました。

「明日は晴れるわね」と、テントからでて空を眺めたカントナータが言いました。

「私たちは三人で、まあ敵は千人以上はいるでしょうね」

「なんか怖いな」と成彦がカントナータのそばに立ち弱気な発言をしました。

「何びびってるんだよ。俺はわくわくするぜ」とテントの中で座ったまま長武が言いました。

「長武、立ってみろよ」と成彦が言いました。

「立てるさ」と、勢いよく立ち上がろうとした長武でしたが、ひざがふるえて、テントの中でしりもちをつきました。

「だいじょうぶ、長武!!」と、カントナータが声をかけました。

「だいじょうぶ、だいじょぶ」と長武が苦笑いをしました。

「ねえ、なべやろう!! 明日からの戦いに備えて……」と、カントナータが言いました。

その夜は本当に楽しい夜になりました。なべを囲みながら、長武が隠し持っていたカップ酒で乾杯しました。


次の日の朝が来ました。

ドドドド……。

「来た。やつらだ。しかもレインコート着て、水対策までしてやがる」

と、長武が言いました。

「だいじょうぶ、彼らはあまりかしこくないから」と、カントナータは余裕の発言をしました。

三人は、レインコートで隠れてない顔や手を集中的に水鉄砲で狙いました。

水のかかった人間は、あわてて帰っていきました。

そうこうしているうちに昼休みになり、おやつタイムありで夕方になり、日がくれました。

夜は、成彦と長武が交代で見張りに立ちました。


ドドド……。

また朝がやってきました。彼らは昨日とちがって、ヘルメットをかぶって手袋までしていました。

「やばい、昨日より武装してやがる……」と、成彦が言いました。カントナータは笑いながら、「長武、秘密兵器を準備して……」と言いました。

そう言われて、リュックから長武が出したのは、おもちゃ花火の束でした。

「せえの……」

成彦と長武は、ねずみ花火に火をつけると、進んでくる大群のほうに火をつけて投げました。ねずみ花火は火を噴きながら、地上を回転しながら、迫ってくる集団のほうに走行してパンと音を立てました。

迫ってくる火の粉から逃げようと引き返そうとする人間と、進んでくる人間がぶつかって、さらに音でびっくりした集団は、もうパニック状態になりました。

ヘルメットで前が見えないと、次々頭からはずした人間には、二人は昨日のように水鉄砲で攻撃しました。長武が水をかけようとしていた人間が突然消えました。

「あっ、消えた!!」と長武が驚いて声をあげました。「今、気がついたのかよ」と成彦がいいました。そして、「昨日も戦っていた時、消えてたぜ」と付け加えました。

部屋では、祐実子のピースを嵌めるスピードが少し速くなりつつありました。祐実子が一つピースを嵌めると、襲ってくる人間が一人消えました。しかし、今の祐実子に外の様子などわかるはずもなく、ただひたすらに毎日眺め続けた『妖精のパズル』の完成をめざしていました。

カントナータは成彦と長武が花火に火をつけて投げたり、水をかけたりして戦っている様子を横目で見ながら、線香花火に火をつけて、細かい火花の美しさに、この戦いの結末を想像していました。

ドド……。

次の日もやはり、やつらはやってきました。あきらかに人数が少なくなって、普通の姿でやってきました。

「どうしよう？　もう花火もないし……」と成彦が弱気な発言をしました。

カントナータは、「まだ、取って置きの秘密兵器があるわ」と言いました。

長武が「どこ、どこ？」とテントの中を探し始めました。

カントナータは二人を指で指しました。

「え!!」「え!!」

「武器はないけど、だいじょうぶよ。いってらっしゃい」

カントナータが二人の肩を押しました。

「期待しているわ」

二人は、お互いの顔を見合わせ、決意をかためると、大集団に向かっていきました。

成彦が先頭にいた男の肩に少し触れると、後ろの方の人間まで倒れました。

「なんて軽いんだ」

長武は、当たらない距離で威嚇のつもりで蹴ると、蹴りでうまれた風で、これまたばたばたと倒れていきました。

二人は、これならいけるという手ごたえを感じて、集団の進行を食い止めていました。

そのうちに、消える人数のスピードが上がって、数時間後には誰もいなくなってしまいました。

「ようやく、終わったようね」

もう、誰もやってくる人間はいなくなっていました。

祐実子が家の中から飛び出してきました。

「最後のピースがないの!! 後一つはめたら完成するのに……」

祐実子がカントナータに悲しそうに言いました。

「誰か来る……」と、突然、成彦が言いました。

その場にいたみんなに緊張感が走りました。

その影はだんだん近づいてきました。

成彦と長武が飛びかかろうとするのをカントナータが止めました。

「待って、彼は敵ではないわ」

「カントナータ、ひさしぶりだね」

そう声を掛けたブルーを二人がにらみつけました。

ブルーが、にこやかな笑顔で近づいてきて、カントナータの横をすり抜けて、祐実子の前に立ちました。

「ブルー、ごめんなさい。あんなに大切にしてと頼まれていたパズルこわしてしまって……」

「ううん。僕は驚いているんだ。あんなにむずかしいパズルを祐実子さんが完成させたことにね」

「まだ、完成じゃないの!!　最後のピースが見つからないの!!　きっと、お母さんが無くしたんだわ」

「少しここで待ってて、僕が捜してみるよ」

ブルーは家に入る前に、カントナータのほうを見て、『後の事はたのんだよ』と声に出さずに目で言いました。

その様子を見て安心した成彦と長武は、「カントナータ、僕ら疲れたから少しテントの中で休んでるから、用ができたらすぐ起こしてね」と言ってテント

に入っていきました。

ブルーは祐実子の部屋で、後一つはめたら完成するパズルを眺め、座り込むとポケットから青いピースを出して眺めました。

「そろそろ行って見ましょう。もしかしたら、ブルーが最後のピースを見つけてくれたかもしれないから……」

カントナータは、祐実子の肩に軽くふれて家の中に入っていきました。

「あった!!」

最後の青いピースは、完成まじかのパズルの横にそっと置かれていました。

「ブルーはどこ???」

「ブルーは傍にいますよ。だから、今はそのピースをはめて、パズルを完成させなさい」

祐実子は最後の青いピースを手に取ると、開いている空間にピースをはめ込みました。

「こうして見ると、ブルーコレクションにあった時より輝いているように見えるのは、なぜかしら」

「ありがとう、祐実子!!　パズルを完成させてくれて……」

カントナータは、そう言いながら、右手でそっと祐実子にふれました。

「あれ、なんだか急に眠くなっちゃった……」

祐実子の目がゆっくりと閉じ、カントナータに抱きかかえられ眠りにつきました。

カントナータは、祐実子をベッドに寝かせると、パズルの枠から台紙をはずしました。台紙の最後のピースをはめた一箇所は、なぜかピースの大きさに絵の具で青く塗られていました。

「ごめんね。本当にごめんね」

カントナータは、ぽろぽろ涙を流しながら、その台紙の上に、組み立てたパズルを壊さないようにのせると、枠をはめました。

「このパズルの妖精として認められたものの、あまりに退屈だったのでばらばらにして、最初から作りなおしていたら、完成させるのが嫌になったので、最後のピースをはめずにそのままにしておいたら、こんな悲しいことが起こってしまった……」

「最後のピースはブルー。私がはめなかった最後のピースのもうひとつの姿!!」

カントナータは、『妖精のパズル』を抱えて持つと、祐実子の家の玄関から外に出ました。

そして、テントの中で寝ている成彦と長武のほほにキスをすると、「一ヶ月、本当に楽しかったよ。バイバイ」と言いました。

『妖精のパズル』をもったカントナータの姿が、闇の中に消えていきました。


新しい朝は、パトカーのサイレンで始まりました。

テントで寝ていた成彦と長武は、サイレンの音で起きたのですが、自分がなぜここでこうしていたのかわかりませんでした。でも、ふたりとも何か大切なものを失ったのには、気がついていました。

おまわりさんがテントの中を覗き込んで「こんなところにテントを張っては困ります。今すぐかたづけてください」と、二人に言いました。

成彦は、おまわりさんの手を握ると「お願いですから、僕の大切な何かを教えてください。本当に大切なことなんです」と言いました。

おまわりさんは、成彦の真剣な様子に困ってしまいました。

長武は、押しつぶされそうな心を、なぜかテントの中にあったお酒で埋めようとしていました。

「やっぱり、お酒はうまい。けど、なぜ今日に限っていくら飲んでも酔わないんだろうか」

祐実子は、いつも通り、両親と朝食を食べて、玄関を出ると家の前の道路の騒ぎを自分とは関係ないというそぶりで、いつも通りに通り過ぎて行きました。

そして、学校へと向かったはずでしたが、気がつくとなぜか「ブルーコレクション」があった場所に立っていました。そこに建物はなく、冷たい風が木々の間を吹き抜けていくだけでした。

「私はなぜここに来たのかしら？　でも、なんだかなつかしい感じがするわ」

祐実子は、何かを見つけて座り込むと、それを手にとって眺めました。それは使いかけの青の絵の具のチューブでした。そこに書かれている文字を小さな声でつぶやきました。

「ブルー……」

祐実子はそう言うと、目からすうっと一筋の涙を流しました。

冷たく寒い一目ぼれ

会える!!　あの女性に会える。

そう思うと勇人（はやと）の胸は躍った。

背中に背負った重い大きなリュックは苦にならなかった。

一年中、雪が解けることのない万年雪の山を、勇人は一歩一歩、雪を踏みしめながら、山頂に向かって歩いていました。

勇人は歩きながら、一年前に十年ぶりにこの山を訪れたときの事を思い出していました。

あれは、めずらしく麓の勇人が住む町から、山の頂が見えたそんな日の出来事でした。

数ヶ月前に山に行った猟師が凶暴ないのししに襲われる事件が起きたことで、町はその凶暴ないのしし「牙王」を退治したものに賞金を出すことを決めました。その賞金目当てに多くの猟師が山に向かいましたが、誰も退治することができず、それどころか無傷で帰ってきたものは、一人もいませんでした。

勇人の父親は猟師で、一応、勇人も鉄砲所持許可証をもっていましたが銃を狩りで使用したことはありませんでした。それでは、なぜ許可証を取ったかと言うと、十年前にこの山で両親と妹を突然起こったなだれで亡くしていて、父親の形見の銃をずっと持っていたかったためでした。

ある日、町長さんがひさしぶりに勇人の家を訪れました。

「君の気持ちもわかるが、君の父親は腕のたつ猟師で君の腕もかなり優秀だときいている。だから、牙王を退治にいってもらえないか?」

「お断りします。十年前に僕の命を救ってもらったことには感謝しています。しかし、あの山に行けば僕は、両親やかわいい妹の事を思い出してしまうでしょう。だから行きたくありません」

「そうか、すまなかった。今の話は忘れて欲しい」

そう言うと町長は帰っていきました。

しかし、勇人に対する周囲の期待する目が日増しに強くなったので、山の頂が見えためずらしい日に、朝早く、床の間に飾ってあった父親の形見の銃をもって出かけることにしたのでした。

「牙王、どこにいる……？」

勇人はそう叫びながら、山の奥へ奥へと入っていきました。

何かが、とつぜん岩陰から飛び出してきました。

勇人は驚きながらも、飛び出した影に向けて手にした銃の引き金をひきました。

ドキューン……。

弾は飛び出してきたものに当たったのか、飛び出してきたものは動かなくなりました。勇人が注意しながら、ゆっくり近づいていってよく見ると、それはまだ幼いいのししの子供でした。

勇人が、その子供に手を伸ばそうとしたとき、何か大きなものが後ろから突進してきて、勇人を跳ね飛ばしました。白い雪原が勇人の倒れたところだけ赤く染まっていきました。

勇人がゆっくり体を動かして目にしたのは、巨大ないのししで月夜に輝く金色の髪をして、口の横から飛び出した牙は、まるで空にむかってまっすぐに伸びて堂々としていました。

まちがいない。奴だ、奴が牙王だ!!

勇人はゆっくりあたりを見回して銃を探しました。銃は、牙王がいるところとは反対のほうに落ちていました。勇人は牙王に気づかれないように、怪我をしたお腹を左手で押さえながら走りました。そして銃に手をのばそうとした瞬間、また牙王に跳ね飛ばされてしまいました。

牙王がとどめを刺そうと、前足に力を入れた時、彼女は突然、空から降りてきて「これ以上、その者をいたぶるのはおよしなさい!!」と、威厳をもった美しい声で言いました。

「しかし、こいつは、私の大切な子供を殺したのですよ」

「よくごらんなさい。あなたの子は銃の音にびっくりして、気を失っただけです」

動かなかったいのししの子供の体が少し動きました。

よかった!!

勇人は、その時、そう思いました。

牙王は、子供の体をなめまわすと、子供が元気に立ち上がりました。牙王は、空から降りてきた女性に一礼すると、子供とともに、山奥へかえって行きました。


「お前は、なぜこの山にやってきたのか?」

空から降りてきた女性は、動けない勇人にそうたずねました。

「この山に入った人間をむやみに襲う乱暴ないのししを退治しにきた」

女性は質問を続けました。

「そんないのししが、この山にいると思うか?」

「ここにきてわかった。そんないのししはいない」と、勇人が答えました。

「では、その傷はどうした???」と、さらに質問する女性に、

「この傷は、子供のいのししを脅かした天罰を受けただけだ」と、素直に勇人が答えました。


勇人は、朦朧とする意識の中、その女性をじっと見つめていました。

肩まで伸びた長い髪は、風が吹くたびに波を打ち、まるでメロディを奏でているようでした。この白い雪の中にあっても、女性の着ている白い着物がよく

映えていました。顔は多少つりあがった目が冷たい印象を与えてはいましたが、少し笑った顔は、文句のつけようがありませんでした。

女性が右手を高々とあげました。

「北風よ。このものを麓の町まで運んでおやり……」

そういうと、風が巻き起こり、勇人を浮かせました。

「私は勇人と言います。あなたの名前を教えていただけませんか？」

勇人が、女性の目をじっと見ながら真剣な顔で聞きました。

「男よ、もう二度と、この山に足を踏み入れるでないぞ。もし、また来ることがあれば命はないものと思え」

「我が名は……」

女性が右手で町の方を指差すと、勇人を包み込んだ風がいきおいよく飛んでいきました。

女性は考えていました。

「なぜ、我が名を教えてしまったのだろうか？」と。

一年前のあの日、彼女は僕に名を教えてくれた。

意識のなかった僕は、病院のベッドの上でずっとその名を言い続けていたらしい。

「フレイヤ」と……。

「冷たい……」

一年前の出来事を振り返っていた勇人のほほに小さなやわらかい雪のつぶがつきました。勇人が空を見上げると、小さな雪のつぶが先を争うように地上に落ちてきました。

「やばい、早く雪を避けられる場所を見つけて、テントを作らないと……」

焦る勇人の心とは裏腹に、靴は雪にすっぽりと沈み込んで、なかなか前に進むことが出来ません。

「フレイヤに会うまえに、こんなところで足止めをくうわけにはいかない」

必死に足を動かし、歩き続ける勇人は、小さな明かりを見つけました。

「こんなところに山小屋があるなんて知らなかった……」

「とりあえず、あそこで雪がやむまで休ませてもらおう」

勇人のめざす小屋の中では、一人の少女がなべをかき回して外を眺めてつぶやきました。

「お母さんたら、また……」

「どうしたのかしら、一年ぐらい前から、こうやって時々、むちゃくちゃ雪を降らせてみたり、何日も雪の上に寝転がってじっとしていたり」

「変だわ、本当に変!!」


ようやく、小屋にたどり着いた勇人は、扉を叩きました。

コン　コン……。

「こんにちは」「こんにちは」

勇人は、何度も扉を叩いて呼び続けましたが、返事は返ってきませんでした。

さっきから、誰かが扉を叩く音が聞こえていましたが、小屋の中にいた少女、雪葉（ゆきは）は扉を開ける気にはどうしてもなれませんでした。

そのうち、扉を叩く音がしなくなったので、雪葉は他に行ったのだろうと、様子を見るために扉を少しあけました。

ドカ……。

扉にもたれかかって勇人は意識を失っていました。

顔は白く、体は氷のように冷え切っていました。

雪葉は、そのままにしておくわけにも行かず、勇人を暖炉のそばまで引きずって運び入れて、熊のけがわを体にかぶせました。

何年ぶりだろう？　この小屋をこうして人が訪ねるのは……。というより、この家を人が訪ねてくるのは初めてかもしれない。

雪葉には、この小屋で過ごした記憶しかありませんでした。だから自分以外の人間を見たことがありません。友達は山に住む動物たちだけだったのです。それでも寂しいと思わなかったのは、お母さんがいたからでした。


冷たい風が二度ほど扉を叩きました。

雪葉の顔がぱっと明るくなって扉に駆け寄りました。

「お母さん⁇」

「そうだよ」

扉の外から返事が返ってきました。

雪葉が扉を開けると、勇人が一年前に出会ったあの女性フレイヤが立っていました。

「変わったことはなかったかい……」

「別に何も……」と、雪葉が答えました。

「そう、ならいいんだけど」

「お母さんも、暖かい小屋で一緒に暮らせばいいのに」

「そうできたらいいのだけど、小屋の中にいたら私の体は解けてしまうわ」

フレイヤは、本当に悲しそうな顔をしました。

「わかっていたことなのに、お母さんごめんなさい」

「いいのよ。私も出来たらいいなと思っていることだから……」

「私、行くわね」

北風が一瞬強く吹いたと思うと、フレイヤの姿はもうどこにもありませんでした。


「今の声は……」

雪葉が振り返ると、勇人が上半身を起こして、雪葉を見ていました。

その目は雪葉を通り抜けて、今、扉の外に立っていたフレイヤを見ていました。

こんなに早く出会えるなんて、僕はなんて運がいいんだろう!!

「今の女性は、いったい誰？」

雪葉は、この男の強い口調に驚きながら、自分と同じ人間と話が出来ることがうれしくて、つい緊張して言葉が震えていました。

「あの女性は、私のお母さんなの!!」

「じゃあ、またこの家に来るんだね」

「うん」

それだけ聞くと、勇人は安心して、また眠りにつきました。


勇人が、いいにおいにつられて目が覚めると、木の机の上に暖かなスープが置いてありました。そして、一枚のメモが……。

『目が覚めたら食べてください。私は朝の挨拶をすませてきますから』

勇人が小屋の外を見ると、朝日が差し込んでいました。

あまり昨日の記憶がはっきりしないが、どうやら彼女に救われたようだというのはわかりました。


雪葉は、小屋から、そう遠くない小川の傍の岩に座ると、岩の横に生えていた草の葉を口に当てて吹き鳴らしました。

すると、あちこちの木陰からキツネやリスやサルなど、いろんな動物たちが現れて、雪葉のまわりに集まってきました。川の水面からイワナが顔を出しました。

雪葉は、その一匹一匹に「おはよう、元気だった?」と声をかけました。

動物たちは、にこやかな雪葉の笑顔に「何かいいことでもあった?」と聞きました。それに雪葉は「うん、とっても」と答えました。


雪葉が小屋に戻ってくると、勇人の姿はどこにもありませんでした。

「いない、どこかへ行っちゃった⁉」

小屋の外にあわてて飛び出した雪葉は、小屋のまわりを捜しているうちに、その顔をみるみる曇らして、あげくの果てに大声で泣き出してしまいました。

「何を泣いているんだい……」

小屋の裏手から、ひょっこりと勇人が現れました。

雪葉は、勇人の姿を見つけると、一目散にかけてきて、抱きつきました。

「いったい、どうしたんだい」

勇人は、雪葉の背中に手をまわして、やさしくなぜてあげました。

雪葉は、はっと我に返って、勇人から離れると顔を赤く染めました。

「どこかへ行ったと思ったのかい? 命の恩人にお礼もいわず、どこかへいくような僕はそんな男ではないよ」

「私のスープどうだった??」

雪葉がたどたどしく聞きました。

「ごめん、一緒に食べようと思って、まだ食べてないんだ」

二人は、小屋の中で暖めなおしたスープを飲みました。

「僕は勇人っていいます。小屋にいれて助けてくれて本当にありがとう。君は僕の命の恩人です」

「ところで、君はなんて名前なの。教えてくれませんか?」

「私の名前は雪葉と言います。でも本当の名前ではありません。小さい時に記憶を無くして山をさまよっていた私を助けて、ここまで育ててくれたお母さんがつけてくれた名前です。今では、とっても気にいっています」

勇人は、今言うべきなのか少し悩みながらも「お母さんの名前は何ていうの?」と聞いていました。

雪葉もまた言葉をつまらせながらも「フレイヤ」と答えていました。

ふたりにそれ以上の会話は生まれなかったので、その後は少し沈黙が続きました。

食事がすむと勇人は「何か手伝うことはない?」と聞きました。

「数日ここに居たいんだけどいいかな？　その間、手伝えることはやるつもりだけど」と言いました。

雪葉は、うれしくて笑ってしまいました。

勇人は、山にいって薪を集めたり、川で魚を釣ったりして数日をこの山小屋で過ごしました。


朝、山が光で包まれる頃、勇人は、身支度をすませて出かけようとしていました。

「雪葉ありがとう。君が起きるまえに出かけることを許してください」

「僕は、君のお母さんをここで待つつもりでしたが、もう待てそうにないので捜しに行くことにします」

勇人の足音がだんだん小さくなって聞こえなくなってから、雪葉はベッドを抜け出しました。素直に見送ることなんかできない雪葉は、今まで寝ているふりをしていたにすぎません。

雪葉は、改めて小屋の中を見渡しました。暖炉の位置や机や椅子の数。食器の向き。何一つ変わったものはありませんでしたが、小屋の中がすごく広く感じていました。

わかっていた。わかっているつもりでいたんだけど、一人がこんなに寂しいものだとは思わなかったわ。


勇人は雪の中をさまよい歩いていました。

「フレイヤさん、どこにいるんですか……？」

「僕はあなたに会いたいんです」

「フレイヤさん……フレイヤさん」

勇人のフレイヤを呼ぶ声は、小さなやまびこになって、山の木立の間を駆け巡っていきました。


何百年も前から、この山に住む雪女であるフレイヤにその声が届かないわけはなく、その証拠に雪が降っているのは勇人の周りだけでした。

フレイヤは、雪のふりしきる中、自分を呼び続ける勇人をただ黙って空の上から眺めていました。

「この山に来たのはわかっていた。だから、あんなに雪を降らせたのに」

フレイヤは唇をかみ締めていました。

「わが心は氷。わが体は雪」

「熱き血の流れる人間の体に触れただけで、我が心は溶け、我が体は消えてしまうだろう」

そんな戸惑いの一瞬、勇人の周りに降っていた雪がやみました。

「雪が止んだ……」

勇人は、空を見上げて、フレイヤの姿を見つけました。

「フレイヤさん!!」

「フレイヤさん、降りてきてもらえませんか？　僕はあなたに会いにきたんだ」

フレイヤは、見つけられてしまったことが恥ずかしいというように、また自分の姿を雲の中に隠してしまいました。

「二度と、ここに来てはならぬといい置いたはず。そして、またこの地に足を踏み入れることがあれば命はないと……」

「命が欲しければやるよ。ただ、その前に君を近くで見たいんだ」と勇人は言いました。

「そんなに見たいんなら見ればいい。これが私の本当の姿」

勇人が見守る中、雲をかきよけるように、白い大蛇が現れ、一瞬にして勇人を取りまきました。

勇人はその場に、どっかとあぐらをかいて座り込むと目を閉じました。

「お前に殺されるなら本望だ。さあ、一気にかみ殺すがいい」

大蛇が大きな口を開いて、勇人を飲み込もうとしたとき、勇人の目から涙がこぼれ出ました。

「死ぬのがこんなに怖いなんて……」

大蛇は、そんな勇人を見て、勇人を飲み込むのをやめて、元のフレイヤの姿にもどりました。

そして、勇人をその場に残して、山奥へと飛んでいきました。

「待って。待ってくれ……」

勇人は、必死にフレイヤを追いかけました。

フレイヤは、地上に降りると、右手の人差し指を足に向けました。

フレイヤの指先からでた白い光は、勇人の足を氷づけにしました。

「その足では、私を追いかけてはこれまい」

フレイヤは、そう言うと、飛び去りました。

こな雪が動けない勇人におおいかぶさり、その姿を見えなくしていきました。

「勇人、どこにいるの？」

それは、二頭の鹿にひかれたそりに乗った雪葉の声でした。

雪葉は、人の立ったような形になった雪の山を見つけると、そりを降りて雪をどけました。

「あっ」

雪葉は冷たくなった勇人をそりに乗せると、小屋に連れ帰りました。熱いお湯を大きな桶にいれると、勇人のこおりついた足を桶の中にいれました。

それにしても……。

いつものお母さんなら、間違いなく頭か心臓を最初に凍らせる。そうすれば、まちがいなくその人間はよみがえることができない。でも、今回は心臓から一番遠い足を凍らせた。自分でも気づかないうちにそうしているのか、それとも殺すつもりは最初からないのかもしれない。

勇人の足の氷が解けると、暖炉にいっぱい薪をいれて、その前で雪葉は勇人を抱きしめ、暖めつづけました。

勇人は夢を見ていました。

それは十年前、家族でこの山にきたときの夢でした。勇人は中学生になっていましたが、年の離れた妹（鈴恵）はまだ小学生になったばかりでした。

家族は、みんな妹を「すず、すず」と言ってかわいがっていました。

すずは、はじめて見る雪に夢中になって、山の上へ上へと走っていってしまいました。両親はそんなすずを追いかけました。

その時です。

急になだれが起こって勇人の目の前で三人を雪が飲み込んで流れ落ちました。

勇人は何をどうしたらいいかわからず、ただ呆然と立ち尽くしていました。

「お父さん、お母さん、すず……」

勇人は声が枯れるまで呼び続けましたが、誰も返事をかえしてはくれませんでした。

「おーい、だいじょうぶか？」

麓からなだれが見えたらしく、町の人たちがしばらくしてから助けに来てくれました。なだれの後と、そこに立ち尽くした勇人を見て、すべてを理解した人たちは、「町へかえろう。私たちがきっと見つけて助けるから」と言ってくれたので山を降りることにしました。

勇人が、少し振り返ると、なだれの雪の上に白い服を着た女性が立っているのが見えました。しかし、それは、ほんの一瞬の出来事だったので、今まで忘れていたのでした。

「あの人影は……」

勇人がびっくりして起き上がりました。そして、自分を暖めつづけてくれた雪葉に気づきました。

「よかった。生きててくれてよかった」

雪葉は、目に涙を浮かべて喜びました。

「僕は、また君に助けられたのか‼　本当にありがとう」と、勇人は命があることに感謝しながら、一方であのまま死んでいてもよかったと思う心もありました。

あんなにフレイヤに嫌われているとは思わなかった……。

勇人は立ち上がろうと足に力を入れましたがうまく力が入らず、よろめいて倒れてしまいました。

「だいじょうぶ、無理しないで」

雪葉がやさしく声をかけました。

勇人は、『こんなに弱っているとは思わなかった』と、しょんぼり肩を落としました。

「無理は駄目よ。もうこれで三度も死に掛けたんだから……」と、雪葉が強い口調で怒りました。


「三度って……」と、勇人は疑問を口に出しました。

「もしかして、一年前も君は見ていたのかい？」

「私はただ北風があなたを運んでいくのを見ただけ」

「そう、あの日から、お母さんの行動はおかしくなった……。そう、あなたと同じように、私からしたら異常としかいいようがない」

もし、フレイヤが俺と同じ気持ちだとしたら……。

そんな考えが、勇人の頭の中をぐるぐると駆け巡りつづけました。

「俺、行くわ!!」

勇人がふらつきながらもう一度立ち上がって、小屋の入り口に向かって歩き始めました。

「また、山の中をむやみやたらに歩いて、無駄に体力を消耗して倒れる気なの⁉」

「ああ、そうなってもしかたない。君の話を聞いてしまった以上、じっとしてなんかいられない」

「母さんは人間じゃないのよ」

「ああ」勇人は小さくうなづきました。

「母さんは、雪女なのよ‼」

雪葉の体の中から、むりやりしぼりだした声が小屋の中に響き渡りました。

「はじめて会った時からわかっていたよ」

勇人は、後ろを振り向かずにそれだけ言うと、小屋の入り口の戸に手をかけました。

「母さんなら、この小屋をでて、まっすぐ北にいって川にぶつかったら、左に進んだ先にある岩陰の洞窟の中にいるはずです」

「私、母さんにも幸せになって欲しい‼」

勇人は、小屋を後にすると、力強く、北に向かって歩き始めました。

「ここか‼」

雪葉に教えてもらった洞窟についた勇人は、深呼吸をすると、

「フレイヤ、出て来い!!　俺はお前に会いに来た」

洞窟の中で、冷たい氷のベッドで寝ていたフレイヤは、その声でゆっくりと起き上がりました。

なぜ、ここがわかった。なぜ……。

「この場所を知るものは、雪葉。お前が教えたのか!!」

フレイヤは、ベッドの横の氷の鏡に小屋の様子を映し出しました。

そこに映ったのは、涙で顔をぐちゃぐちゃにした雪葉の姿でした。

「母さんは、ずっと悪役を演じてきたんだもん。山の動物たちを守るために、殺さなくてもいい人間を殺してきた。母さんにも幸せになってほしい」

雪葉、お前の気持ちに答える……。

フレイヤは、すっと洞窟の入り口に向かって歩きはじめました。

「もう、ここに来ることはないだろう」

そう言うと、フレイヤは今まで自分がいた部屋の入り口を氷で閉ざしました。

洞窟の中から現れたフレイヤは勇人の前に立ちました。

勇人は改めてまじかで見たフレイヤに心を奪われました。

「私は、わかっていた。自分の心を見せたくなかった。私がお前を好きだという心をお前に知られたくなかった」

勇人は、ゆっくりと近づいて、フレイヤをやさしく抱きしめました。

「私は、一生好きな人に抱きしめられることなどないと思っていた」


勇人は、しばらくフレイヤを抱きしめつづけていました。

そして、唇を重ねようとしたとき、勇人はフレイヤの体が薄くなったような気がして、抱きしめていた手を離して確かめようとしましたが、フレイヤが離してくれませんでした。

「離すな。私はこのままでいい」

「でも……」

勇人は気づいてしまいました。フレイヤの体が自分の体温で溶けてなくなろうとしていることに……。

「最後に言っておくことがある。お前と初めて会ったのは一年前ではない。十年前だ。そして、お前の両親を殺したのは……」

「もうやめてくれ!!　聞きたくない」

フレイヤは、小さな声で何かをつぶやき、最後の力で自分の唇を勇人の唇に重ねると、その姿は消えてなくなってしまいました。

勇人は、思いもしなかった結末に、その場にしゃがみこむと「そんなことあるわけない」と繰り返し言いながら、こぶしに血がにじむまで山の斜面を叩き続けました。


「ただいま」

希望を無くして、生きる気力を無くしていた雪葉の耳に、勇人の声が聞こえてきました。

「おかえりなさい」

雪葉が何事もなかったように勇人を出迎えました。

おかしいな？　勇人が一人で帰ってくるなんて……。

「フレイヤは死んでしまった……僕が殺してしまった」

「君の大切なお母さんだったのに……」

「……」

雪葉は、言葉を失ってしまいました。

たしかに、勇人が母さんに会いに行くといった時、母さんなんか死んでしまえばいいのにと考えました。しかし、実際に母さんにもう会えないと思うと、自分はなんていうことを思ってしまったのだろうと後悔しました。

「雪葉、山を降りて麓の町で一緒に暮らさないか?」

勇人は、やさしく雪葉に問いかけました。

「私は……私は山に残ります」

やはりか……。

そう答えるのではないかと思ってはいたが、言いたくない事を言わなくてはいけなくなってしまった。

「お母さんがなくなるときに、君の本当の名前を教えてくれた!!」

「本当の名前???」

「君の本当の名前は、鈴恵。僕の妹だ」

鈴恵と呼ばれた雪葉は、まるで人形にでもなったように動きをとめました。

そして、しばらくすると、勇人をじっと見て笑いながら「お兄ちゃん」と呼びました。

その顔は、雪葉として生きた時間がまるでなかったような、昔のすずの表情を取り戻したようでした。

「すず、帰ろう。僕たちの生まれた家へ……」

「うん」すずは、うれしそうにうなずきました。

レターゲームB

これは、携帯電話のなかった時代の物語。それでも、人と人とは別れたり出会ったりを繰り返していました。

朝日がまだ誰も通っていない静かな道路を照らしはじめた、そんな時間に「星空」という表札がある家の玄関から、一人の女性が出てきて郵便ポストを開けました。ポストの中に入っていた一通の手紙には、「星空　昴」と、宛名が入っていました。

「ほしぞらすばるって、私宛だけど……」と、女性はつぶやきながら、封筒の裏を見ましたが、差出人は書いてありませんでした。

不思議に思いながらも、その女性はその手紙をもって家に入ると、はさみで封を切りました。それは、もう若いとは言えない女性にとって、ひさしぶりに感じるどきどきでしたが、中に入っていた便箋の手紙を読み終わると、その顔にもう少なくないしわをよせました。

しばらく考えた女性は、手紙を元通りにすると、二階で寝ている航瑠（わたる）を呼びました。

「航瑠、起きなさい!!　航瑠!!」

「なんだよ、うるさいな」と、ぶつぶつ言いながら階段を下りてくるパジャマ姿の男、星空航瑠。この起こした女性の息子で、年齢は今年二十一歳になります。

「仕事で疲れているんだから、休みの日ぐらい、ゆっくり寝させてくれよ」

「航瑠、これ読みなさい」と言って、ポストに入っていた手紙を母は航瑠に渡しました。

航瑠は、宛名をチラッとみて「母さん宛じゃないか!!　読んでいいの?」と聞きました。

「どうぞ!!」

航瑠は封筒の中に入っていた手紙に目を通しました。

『土曜日、午後二時、いつもの場所にて待つ。親愛なるすばるへ　嶺より』

航瑠は、にたにた笑いながら、「いいのかよ母さん!!　浮気なんかして」と、言いました。

「バカ!!　これは、どう考えても若い男性から、若い女性に宛てた手紙だよ」

「まちがって届いたっていうこと？　しかも、今日会おうとか書いてあるけど……」

そこまで、話していた航瑠は、母のいつになくやさしい目線を感じて、あわてて二階に戻ろうとしました。

「まちがった手紙、このままにしておけないわよね」

やっぱり……。

「まさか、母さんは俺にこの手紙を届けろと……」

「ピンポン。大正解!!」

「絶対、嫌だからね。母さんが封を切ったんだから、母さんが探して届けりゃいいじゃないか!!」

航瑠は、絶対に負けないぞという態度で、母にそう言いました。

「もったいないな。せっかく若い女性と、知り合いになるチャンスなのに」

航瑠の階段を上る足がピタリととまりました。

「でも、男付だ」

そう言い捨てて、また、階段を上り始める航瑠。

「航瑠の会社の上司って、遅刻には結構うるさいとか言ってなかった?!」

母が、突然わけがわからない事を言い出しました。

「どうゆう意味だよ。それは……」

「ただね。私も、あなたを毎朝起こすのが面倒になったから、月曜日から一人で起きて会社にいってくれると思うとうれしくって……」

「!!」

航瑠は、母に負けを宣言する言葉を言いました。

「わかったよ。探して渡すよ」

母は、笑いながら「さすが、素直でかわいい私の息子」と、言いました。

航瑠が着替えて二階から降りてくると、玄関先に母が昔使っていた自転車が出してありました。自転車のフレームには「星空昴」と名前が入っていました。

「これ、使って……。がんばって探しなさいよ」

航瑠は手紙をポケットに押し込むと、ペダルに力を入れました。

さて、どうしようかな??

こんな時は、交番で聞くのが一番かな。

航瑠は、電導アシストもついてない普通の古い自転車を必死にこいで、「えれくとら駅」の近くの交番へとやってきました。

「あの、すいません。星空という苗字の家を探しているのですけど、教えてもらえませんか？」

おまわりさんは、住宅地図を出して、「星空、星空……」と探し始めました。

「ここの前の道をまっすぐ行って、三つ目の信号のある角を右に曲がって、二軒目の家です」

「そこは、僕の家なんですけど……」

「えっ!!」

「まちがって僕の家に手紙が届いたので、他の星空っていう苗字の家をさがしているのですけど、ありませんか？」

おまわりさんは、必死に地図の上で「星空」という苗字をさがし続けましたが、三十分経っても見つけることはできませんでした。

「ありがとうございました。自分で探してみます」

そう言うと、航瑠は交番を出て、当てもなく自転車を漕ぎ出しました。

道を歩いている人を見かけると、自転車を止めて「星空」という苗字の家を聞きましたが、「知らない」という返事ばかりでした。

喉が渇いたので、路地の角にあった自動販売機で缶コーヒーを飲んでいるときに、ふと自販機が置いてある横の家の表札が目に入りました。

その家の道路に面したブロック塀には「石神公隆」という表札が埋め込まれていました。

いしがみ　きみたか……。

缶コーヒーを半分ぐらい飲んだ頃、その家から若い女性が飛び出してきました。その女性は、道の両側をきょろきょろと見渡しました。

そして、自販機の横に立っている航瑠と目があいました。

ドキ……。

航瑠の心臓が音をたてて強く動きました。

しかし、女性はそのまま家に入っていこうとしました。

航瑠はあわてて「あの、すいません」と声を掛けました。

「何か御用ですか？」

「このあたりに、星空昴という人は住んでいませんか？　手紙がまちがって僕の家に届いてしまって……」

「手紙？」

女性は、つかつかと航瑠に歩み寄ると、右手を差し出しました。

「その手紙出して……」

航瑠が、女性の気迫に驚いて、ポケットから手紙を出すと、その女性は封筒から手紙を出して読み、震える手でビリビリと手紙を破りました。そして、その足で、「あるきおーね駅」に向かって走り始めました。

「何するんだよ!!　大切な手紙を……」と、航瑠が怒ると、

「私に届いた手紙を私がどうしようと勝手でしょう」と、女性が言いました。


航瑠が驚いていると、今走っていこうとしていた女性（星空昴）が、つかつかと戻ってきました。そして、航瑠を突き飛ばすと、航瑠の乗ってきた自転車に飛び乗って駅にむかってペダルをこぎ始めました。

航瑠も、なぜか自転車の後を追って走り始めました。走りながら、時計に目をやると、時刻はすでに午後二時をまわっていました。

嶺さんが待っててくれるといいんだけど……。


息を切らしながら航瑠が「あるきおーね駅」に着くと、昴が改札の前に立っ

ていました。

「遅いじゃない」と言いながら、昴はまたも右手を航瑠に出しました。

やっぱり……。

そう思いながら、航瑠がポケットから財布を出すと、昴はすばやく航瑠の財布から千円を抜き取り、財布をほいと投げて返しました。

そして、切符の自販機で切符を二枚買うと、航瑠に一枚を渡し、「早く」と言いながら改札を通りぬけました。

航瑠は、昴の後から電車に乗りこむと、並んで座りました。

航瑠が、納得いかない顔で昴を見ていると、昴が「あなたが慌てさせるから、私は財布を家に忘れてきたのよ。あなたがいないと、私は一文無しで困るのよ」と言いました。


「次はあとらす駅」

電車の車内にアナウンスが流れると、昴は急に立ち上がり、車内を進行方向に移動すると、扉が開くとともにホームに下りて駆け出しました。

航瑠はその後を必死に追いかけて走りました。

お腹の減った航瑠の目に、バーガーショップの店が飛び込んできましたが、今は昴を見失うわけにはいかないと我慢しました。

昴が向かったのは、あとらす公園の噴水の近くにあるベンチでした。ベンチにカップルが座っているのを見た昴は少し離れたところに立ち止まって、航瑠に小声で「追っ払ってきて」と言いました。

「俺が、なんで……」

「つべこべ言ってないで、早く……」

航瑠は、昴にせかされて、しぶしぶカップルの傍にいって「退いてくれませんか?」と言いました。

ベンチに座っていた男は、最初、無視していましたが、余りにしつこく航瑠が言うもので、立ち上がって航瑠をにらみつけました。

航瑠は怖くなって逃げ出すと、その後を男が追いかけていきました。しかたなく一緒にいた女性もその後を追い、ベンチに誰も居なくなりました。

昴は誰もいなくなったベンチの腰を下ろす部分の下に手をいれて何かを探し始めました。

いつも用があるときは必ず手紙があるはずなのに……。

昴が手紙を諦めて、ベンチに座ってぼぉーとしていると、航瑠が戻ってきました。どこをどう走ってきたのか、服のあちこちには泥がついていました。

昴は、そんな航瑠を見ても何も言わなかったので、航瑠もまたしかたなく、昴から少し離れて同じベンチに座りました。


そんな二人に近づく一人の女性がいました。

「あの……」

近づいてきた女性が、昴に声を掛けました。

「あなたは、あのバーガーショップの名波（なみ）さん……」

「いつもの、お連れの方に、この手紙を渡すように頼まれたんですが……」

そう言うと、名波は、昴に手紙を渡しました。


航瑠は、すっと立ち上がってベンチの後ろに立つと、昴が読んでいる手紙を覗き込みました。

『突然の父の仕事の都合で引っ越すことになってしまいました。早く話そうとは思っていましたが、なかなか言えず、最後に一日会いたかったのですが、時間が来てしまいました。あなたの事は一生忘れません。嶺より』

昴は、手紙をびりびりに破ると、その場で顔を伏せました。

「おねがい、あっちへいって……」

昴にそう言われて、航瑠はその場を離れました。

なぜかしら？　こんなに悲しいのに涙が出ないなんて……。

昴は、心の中でそうつぶやいていました。


お腹減ったな……。

航瑠は、前を歩く名波に、「まだ、お店やってますよね」と、話しかけましたが名波の返事はありませんでした。

「あっ、今、何か言いました？？？　ちょっと今、考え事してて」

名波が、ふりかえって航瑠に聞きなおしました。

「お腹が減ったので、まだお店やっているかなと思って……」

「やってますよ。どうぞ、おいでください」

名波は、急ぎ足で店に帰っていきました。

店の窓口で、航瑠は「テリヤキチキンバーガーを二つ、コーヒー二つください」と、注文してお金を払いました。

出来上がるのを待っていると、店の中から私服に着替えた名波が慌てて出て来ました。

どこへ行くんだろう??

航瑠は、少し気になりましたが、それより一人残してきた昴のことが気が気でなく、バーガーとコーヒーの入った紙袋を受け取ると、あわてて昴のもとに戻ってきました。

「食べるかい??」

そう言って、航瑠は紙袋からバーガーとコーヒーを一つずつ出すと昴に渡しました。

昴は、差しだされたバーガーを、ものすごい勢いで食べ終えてしまいました。そして、コーヒーを飲んで、ひと息つくと、「もうないの?」と言って、航瑠が持っていた袋を奪うと、「あるじゃない」と言って、もう一つのバーガーを出して、また大きな口でがぶりと食べ始めました。

「それは、俺の……。くそ!! 勝手にしろ」

航瑠はやけくそぎみに言うと、「あとらす駅」のほうに歩き始めました。

その航瑠の服の端を昴はひっぱって止めました。

「なんだよ、あやまる気になったのかよ」

「何をあやまるのよ。帰るのは勝手だけど千円置いていってよ。帰りの電車賃に……」

航瑠は、怒りを通り越してあきれ返って、財布から千円だして、昴に渡すと、

「考えたら、君に手紙を渡した時点で、俺の仕事は終わっていたんだ」

「じゃあ、元気で。二度と会えないことを願っているよ」

そういうと、一度もふりむかず航瑠は「あとらす駅」に向かって歩いていきました。

その背中に、昴は「ありがとう!!　一日付き合ってくれて、バーガーとってもおいしかったよ」と、言いました。

航瑠は、昴と電車に乗った「あるきおーね駅」で降りました。航瑠はこの駅に置いてある、母さんの自転車を取りに降りたのでした。

「母さんの自転車……」

航瑠は、自分の自転車を見つけて、ハンドルを持ってサドルに腰掛けました

が、すぐ降りました。

あのわがまま女の家、ここからかなり遠かったし、暗くなってきたから歩いて帰るの大変だろうな……。

航瑠は、自転車をめだつ所に移動させると、もう一度、電車にのって、「えれくとら駅」のある自分の町に帰っていきました。


「ただいま」

航瑠が、ようやく家へと帰ってきました。

航瑠の声が聞こえたので居間から、お母さんが急いで駆けてきました。

「手紙、ちゃんと渡してきた？」

「渡してきたよ」と、航瑠が返事をしました。

「ね、ね、どうだった？　かわいい女性だった……」

航瑠が、靴を脱ぎ終わる前から、お母さんの質問攻めに遭いました。

「それよりさ。腹減った、ご飯まだ？」

「つまんない……」

航瑠が何も答えなかったので、お母さんがふくれっつらをしました。

「後でちゃんと話すから。それより何か食べさせてよ」

「後、一時間ぐらいしたら、父さんが帰ってくるから、それからにしましょう」

そう言って、お母さんは、台所に入っていきました。

ガク……。

航瑠は、お腹を手で押さえて「そんなに我慢できないよ」とつぶやきました。


昴は航瑠と別れた後、まっすぐ帰る気にはなれず、「あとらす駅」とは反対方向に歩いていって、目に付いたカフェに入りました。

そして、ファッション雑誌を手に取り、コーヒーを頼んで、一息つきました。

私って駄目ね。なぜか付き合って二ヶ月もすると、いつも別れることになってしまうのよね。

そんな事を考えながら、周りを見渡すと、名波の姿が目に入りました。

観葉植物があるので、名波から昴の姿は見難い位置にありました。

誰かを待っているみたい。いいわね。待つ人がいるなんて……。

昴は、それっきり気にも留めず、雑誌を読み耽っていました。

「こっち、こっち」

そういう名波の声がしました。

「言っただろう。しばらくは公園の近くでは会わないって……」

昴は、雑誌から目を離さず、耳をすませました。

嶺の声に似ているけど……まさかね。

「昴さんのもとに帰ってあげて……」

「!!」

昴の目の動きが止まりました。

「馬鹿なことを言うな」

「手紙を読んだ昴さん、すごく悲しそうな顔をしてた……」

「君に言われなくてもわかるよ。でも、今は昴より君が好きになってしまったのだから」

「でも……」

「君は何もわかっていない。あいつは、すごくずうずうしくて怒りっぽい。正直に他の女性を好きになったなんて言ってみろ。何をされるかわからない」

「だから、わざと番地を書かない手紙を出したんだ。星空家が別にあるのを知っていたからね。まちがいなく、手紙はそちらの星空家に着くだろうから、あいつは時間には来れない。そうなったら、いくらあいつでも、あきらめるしかないだろう」

昴は雑誌を持った手を強く握り締め、両肩をわなわなと震わせていました。

「私はいいから、昴さんのもとに帰ってあげて……」

名波が、嶺にたのむようにそう言いました。

「絶対、やだね」と、嶺が強く否定しました。

「こっちこそ、お断りよ」

嶺の顔から、一瞬で血の気がひきました。

嶺が、ゆっくり声のしたほうを振り向くと、昴が鬼のような顔をして、雑誌を棍棒のように丸めて立っていました。

「昴……」

嶺がそういう間を与えず、昴は丸めた雑誌で嶺の頭を思い切り殴りました。

ボカ!!

嶺は、頭を抱えると、その場にくずれおちました。

「名波、嶺はあなたにあげる……」

そういうと、昴は自分のテーブルのレシートをもって、レジのところに持っていき、「お勘定……」と言いました。

ウェートレスがポカンとしていると、「聞こえないの!!　私はお勘定と言っているのよ」と、しかりつけました。

「は、はい……」

昴は、お金を払って、店を出ました。

外の窓から、名波が殴られた嶺を心配そうに見つめているのを見た昴は、なんだかいたたまれない気持ちになりました。


航瑠から、おくれる事二時間あまり経って、昴は「あとらす駅」を後にしました。そして、自分の家のある「あるきおーね駅」に戻ってきました。

電車に乗って公園に向かった時とくらべて、町の風景はすっかり夜の姿に変わっていました。

「はあ……家まで歩いて帰るの？　大変……」

昴の目に、自転車置き場の街灯の下に、自分が乗ってきた自転車がまだ置いてあるのが映りました。

「まさか？　あいつ、もう帰ったよね」

「あいつ、自転車に乗って帰るの忘れたのかしら。ううん、それは考えにくいわ。じゃあ、わざと……なんだか、そんな気がする」

昴は、自転車に乗ると、瞳から涙が流れ落ちました。昴は泣き崩れないように自分の心をおさえて、家に向かって必死にペダルをこぎ始めました。

借りるわね。名も知らない親切な人……。

また会えそうな気がする。だって、こんなに近くに住んでいるんだから。

「二度と会えないことを願っているよ」と言った航瑠を思い出して、苦笑いをする昴でした。


「ただいま」

昴は、航瑠の残していった自転車に乗って帰宅しました。

テレビを見ていたお父さんの公隆が、振り向いて「おかえり」と言いました。その時、お父さんは昴の目に涙の跡があるのを見つけました。

「ちょっと待ってて、これから夕食つくるから……」と、昴が言うと、

「飯の前にひさしぶりに、一杯やらないか!!」と、公隆が言いました。

昴は、にっこり笑うと「やる」と言いました。

お父さんは、冷凍してあった枝豆を電子レンジでチンして、皿にあけると、冷蔵庫から缶ビールを出してきました。

「乾杯」

お父さんと昴は、お互いの缶ビールの缶を軽くぶつけると、ゴクゴクと音を

立てて飲みました。

「おいしい」と、昴がつぶやきました。

「今度の男は、お前が泣くほどいい男だったんだな。お前も進歩したな」と、お父さんが笑いながら言いました。

「泣いたのは……」

昴は本当の事を言おうとしましたが、それこそ、いいわけにしか聞こえないと思い、言うのをやめました。

昴は缶ビールをごくごく飲みながら、一息ついて、今日の事を話し始めました。

「それにしても、近くの町に星空昴という、私と同姓同名の人が住んでるなんて、不思議……」と、言いました。

それを聞いたお父さんの公隆は、驚いて握っていた缶ビールをテーブルに落としてビールをこぼしてしまいました。

「もう、何やってるのよ。酔うには早すぎるよ」と、昴がふきんでふきながら言いました。

ほしぞらすばるという名の女性が、近くの町に住んでいる。そんな事があるわけがないんだ……。

昴は、新しい缶ビールをお父さんに渡しました。

お父さんは、渡された缶ビールを一気に飲み干しました。

「うひょう、やるね」と、昴はほめるとともに自分も一気に飲みほしました。

こうして、血の繋がらない親子は、意気投合して盛り上がっていました。


一方の星空家でも、さきほど、お父さんの正測（まさひろ）さんが帰ってきたので、家族がみんな食卓につきました。星空家は、航瑠にお父さんとお母さん、それに妹の永莉（えり）の四人家族です。

航瑠は、ものすごい勢いで食べ終わると満足した顔で、まだ食べている家族に、今日の事を話し始めました。

「まったく、母さんにたのまれて星空家を探し始めたのはいいけど、交番で聞いても、うちしかなくってさ。いろんなところで出会う人に聞いても『知らない』ばかりで。喉がかわいたから自販機でジュース飲んでたら、隣の家が『石神公隆』っていう人の家で……」

「石神公隆!!」

お母さんが、急に大声で名前を叫んだものですから、みんなが目をぱちぱちさせて驚きました。

「なんだよ、母さん。急に大声だして……母さんの知り合いなのかよ」

「ごめんね。昔、事故で死んだ同級生と同じ名前だったから、びっくりしちゃって」

そう言ったお母さんを、何かを思い出したような顔をしたお父さんだけが見つめていました。

それから、今日の出来事を詳しく話した航瑠は、ふと周りを見渡しました。

お父さんと妹は笑いつかれた顔をしていましたが、お母さんだけはなぜか真面目な顔をして、体はここにあっても心は遠くにあるような印象をあたえていました。


次の日の朝。

航瑠は窓から差し込んだ暖かな日差しで目を開けました。

手を伸ばして目覚まし時計を引き寄せて時間を確かめた航瑠は、布団を跳ね上げ、飛び起きました。

「ＡＭ一一時八分……」

「今日が日曜じゃなかったら、完全に遅刻だな。母さんお腹減った……」

航瑠が一階に向かって叫ぶと、下からお父さんの声が返ってきました。

「航瑠、早く降りて来い」

「なんだい、父さん?」

「買い物に行って来てくれ。俺は母さんの傍にいるから」

航瑠が覗くと、お母さんが青い顔して布団でねていました。

「母さん、どうかしたの???」

「どうやら、台所に置いてあった日本酒を飲んだみたいだ」

「嘘だろ、母さんお酒なんか飲めないのに……」

お父さんが、航瑠にメモを渡しました。

「ここに欲しいものは書いておいたから」

航瑠は、メモをもって近くのスーパー「めろーぺ」に向かいました。


スーパー「めろーぺ」で、メモを見ながら、品物をかごに入れていた航瑠は、ふと足を止めました。

航瑠の目の先には、三個入りプリンが一パック売れ残っていました。

航瑠が手を伸ばして、プリンをつかもうとした時、横からそれを奪い取った奴がいました。

航瑠が、そいつをにらみつけようとしましたが、相手が誰か気づいて、知らない顔をして、その場を離れようとしました。

「待って……」

プリンを奪った相手が航瑠の買い物かごを急につかんだものですから、かごの中身を店内にぶちまけてしまいました。

「まったく、何をするんだよ!!　昴」

「やっぱり!!　気づいていたのに、逃げようとするからいけないのよ」

「だから、なんでこんなところにいるんだよ」

「どこにいようと、私の勝手でしょう!!」

二人の喧嘩に店長が割り込みました。

「すいません。喧嘩は後にして拾ってもらえるとうれしいのですが……」

「すいません」

航瑠が素直にあやまって、昴と一緒にちらばったものを拾い集めました。

そして、二人はレジを済ませて、店の外に出ました。

「ねえ、ちょっと寄ってかない」

昴が、近くの喫茶店を指さしました。

昴がさっさと歩いて店のなかに入っていくので、しかたなく航瑠もついて店にはいりました。

ウェートレスが水をもってやってきました。

「何にいたしましょうか？」

「俺、チョコレートパフェ……」と、航瑠が言いました。

「じゃあ、私も……」

ウェートレスが「チョコレートパフェふたつ」と言って、厨房に入っていきました。

昴は、何も言わず、財布から二千円を出すと、航瑠に差し出しました。

「なんだよ。これ……」

「昨日借りたお金。あら、いらないの？」

「いるよ」そういうと航瑠はお金を受け取りました。

「あなた、名前何ていうの？　教えて……」

「星空航瑠」

「歳は……」

「二十一」

航瑠は『なんで、俺はこいつの質問に答えているんだ』と、心で思いながら、素直に答えていました。

しかし……。

「へえっ!!　何だ、もっと子供かと思っていた」と言った昴に少しむかつきました。

その時、ちょうどパフェが運ばれてきたので、一口食べて、航瑠の機嫌はよくなりました。

「じゃあ、君はいくつなんだよ」と、航瑠が聞き返しました。

「私は、今年二十三になるわ」

「なるほど、俺より長生きしている分だけ、わがままで頑固でおこりっぽいわけか!!」と、航瑠が言うと、すぐ昴が言い返しました。

「あなたは、私より年下の分だけ、礼儀を心得ず、目上の人間にもずかずかものを言うわけね」

『なんでだろう？　昴といると、つい本当の事を言ってしまう。社会人になってから本当の気持ちは言わないようにしてきたつもりなのに……』と、航瑠は頭の中で考えていました。

「別に、思ったことを口に出すことが悪いって言っているのではないのよ」と、昴も、パフェのクリームをスプーンで口に運びながら、やさしい笑顔で言いました。

昴はパフェを食べ終えると、急に真面目な顔つきをして、こんなことを話し始めました。

「昔から、私と父さんの苗字が違うことで、さんざん陰口を言われてきたの。苗字の違うことなんて、私にとってはどうでもいいことだったの。それより、それが私と父さんが、血のつながりのない事を意味すると知ったときは、すごくショックだった」

航瑠は、昴が真面目な顔をして、真剣に話すことに戸惑い、もうすでに食べ終わったパフェのグラスに何度もスプーンを運んでいました。


「もう、出ようか」

昴が、すっくと立ち上がったので、航瑠も立ち上がりました。

そして、昴がレシートを航瑠に渡しました。

「おごって」と昴に言われ、しぶしぶレジでお金を払い、航瑠は昴の後を追いかけるように歩きはじめました。

「それで、ある日、父さんになぜ苗字が違うのか聞いてみたの？」

「そうしたら、父さんはにっこり笑って、ようやく聞いてくれるんだねと言ったの」

「若かった父さんが、散髪屋さんから出てきたら、ベビーカーを引いた女性とすれ違ったんだって。そのベビーカーには、『星空』といううめずらしい苗字が書いてあったんで気になって、じっと見ていたら、横断歩道でその女性、交通事故にあって、死んじゃったんだって。でも、ベビーカーに乗っていた赤ちゃんは無事だったの。その後、警察が女性の身元を調べてくれたんだけどわからなくて、結局、施設に赤ちゃんが入れられることに決まったんだけど、父さんが引き取ると言ってくれて、『昴』という名をつけてくれたの」

「なんか嘘みたいな話でしょう？」

航瑠は昴の話を真剣に聞きながら、昴と歩調を合わせながら歩いていました。

「すばるって、確かプレアデス星団の別名だよね。青白く若い星の集まっている……」

航瑠が、はじめて昴の話に割って入りました。

「よく知っているわね」

昴が、にっこり笑って振り返りました。

「小さい時、母さんにさんざん聞かされたからね」

「そうだったわね。私とあなたのお母さんは同じ名前……」

そこまで話した昴は、急に口を閉ざして、早足で歩き始めました。

確か昴という名は父さんが、昔好きだった恋人の名前なんだと、酒を飲んだときに話してくれたことがあった。その後、当の本人は話したことを忘れているみたいだったけど。

まさか!! 航瑠のお母さんが、父さんの昔の恋人だったなんて事……あるわけない。


「着いたわ」

昴がそう言ったので、航瑠が立ち止まって周りを見渡すと、そこは昴の家の前でした。

「ちょっと、待ってて」

昴は、そういうと庭の奥から自転車を押して出てきました。

「自転車、ありがとうね」

航瑠が、自転車のかごに買い物袋を入れていると、昴がメモ用紙とペンを渡しました。

「何、これ?‥?‥?‥」

「電話番号書いてよ。何かあったら連絡するから」

航瑠は昴の顔を見てから、自宅の電話番号を紙に書きました。

「じゃあ、またね」と言った昴に、「またな」と答えた航瑠は、自転車を漕ぎ出しました。


家の中から、昴のお父さんが出てきました。

「彼がお前の話していた男かい？」と、遠ざかっていく航瑠の後ろ姿を見ながら昴に聞きました。

「そうよ。航瑠っていう、私より年下のなまいきな奴よ」

「航瑠、彼の名前は航瑠って本当にいうのか!!」

急に父が強い口調で聞き返したので、昴はびっくりしながら「本人が言ったんだから、そうじゃないの……」と答えました。

航瑠……航瑠……。

そう心の中でつぶやきながら、いつまでも自転車の去っていったほうをじっと、昴のお父さんは見ていました。

航瑠という名は、昔の恋人と子供が出来たら付けようと話していた名前だったのです。

「ただいま」と、航瑠が言うと、奥の台所からお母さんの「お帰り」という声が返ってきました。

「もう起きてていいの？」

「まだ、少し頭がずきずきするけどね。買い物に行ったまま、航瑠がいつまでたっても帰ってこないと騒ぐ二人がうるさくて、おちおち寝てられないのよ」

と、お母さんが笑って言いました。

「ごめん、マーケットでまた昴に会って、いろいろ話していたら遅くなってしまった」

お父さんと、妹が、部屋から顔を出しました。

「ついに、兄貴に彼女が出来たか!!」

「母さん、今夜はすき焼きにしよう。航瑠を祝ってあげないと……」

「まったく、自分が食べたいだけでしょう」

「ばれたか!!」

家族がみんなで笑いころげていました。

それから、休みになると、必ず昴が航瑠の家に電話をかけてくるようになって、母が取り次ぎ、航瑠が「休みぐらい、のんびりしていたいのに」と口では言いながら、いそいそと出かけるようになりました。

二人の時間を楽しむ昴と航瑠は、まだお互いの家族の心の中の変化に気づいてはいませんでした。嵐はすぐ傍まできているというのに……。


昴の父、公隆は、昴が出かけた後、「あるきおーね駅」の傍にある郵便ポストの前で、数日間、文面を考え続けていた手紙をポストに入れようか考えていました。しばらく、その場に立っていた公隆は、「あの、すいません」という声にふりむきました。

そこには、背が低く、ちょっと太目の女子高生のまりもが封筒を持って立っていました。

公隆は、「すいません」と言って、あわてて手紙をポストに入れて、その場を離れました。


まりもは、宛名に『芸能事務所「ＲＡＫＵ」』と書かれた、デモテープの入った封筒をポストに入れました。そして両手を合わせて『神様。私を歌手にしてください』と、祈りました。まりもはお母さんにばれると反対されて怒られそうだから、遠くの町まで封筒を入れに来ていました。

次の日、新聞を取りに出た航瑠のお父さんは、ポストに「星空昴様」と書かれた手紙があるのを見つけ、最初『また、まちがいか？』と思って、封筒を裏返すと住所と石神公隆という名前が書いてありました。

これは……。

お父さんは、しばらく考えて、手紙は服のポケットに入れて、新聞を手に持って家の中に入っていきました。

数日後、昴が仕事から帰ってくると、真剣に手紙を読んでいる父の姿を見つけました。

「ただいま」

昴は返事がなかったので、もう一度「ただいま」と言いました。

「あっ、おかえり」

お父さんの公隆は手紙から目を離して、ようやく昴が帰ってきたことに気づいたようでした。

「誰からの手紙？？？」

「昴には関係ない人からだよ」と言いながら、父は手紙を片付けました。

その日は、ご飯を食べていても、テレビを見ていても、なんだか上の空の父が気になりましたが、「おやすみなさい」と言って、昴は眠りにつきました。

昴の父、公隆は昴が寝たのを確認すると、また手紙を読み始めました。


その手紙は、航瑠の父が書いた手紙でした。

『前略　石神公隆様
あなたの書いた手紙がポストにはいっているのを見つけたときは、心臓が止まるような感じがして、びっくりしました。そして、昴に渡さず破り捨てようと思って持っていましたが、やはりそれではいけないと思って、今日ポストに戻しておきました。

私が彼女、昴と出会ったのは二十五年ほど前の事になります。彼女は、「えれくとら駅」の前で誰かを探していました……』

ここまで、手紙を読んだ公隆は二十五年前の出来事を記憶の中から探し出していました。

私と、昴の二人は、かけおちして、電車を乗り継ぎ「えれくとら駅」で降り、二人で牛丼屋で牛丼を食べているところを、昴の両親に見つかり昴は実家に連れ戻されてしまったんだ。その時、昴は「かならず、両親を説得して、ここに戻ってきますから待っててください」と、私にそうつぶやいた。

そして、公隆はまた手紙に目を移して続きを読み始めました。

『私は、会社に行こうとしていたのですが、なぜか彼女の事が気になって、しばらく見ていました。すると、彼女が急に倒れたので、急いで走りよって救急車を呼んで私も付いていきました。彼女は朦朧とする意識の中で「公隆」と何度も呼んでいました。

目が覚めた彼女は、病院のベッドで寝ているのと、見たことのない私がいるのにびっくりしていましたが、私が説明すると納得してくれました。

いろいろ聞いてみたのですが、何も話したがらないので、とりあえず私の家に連れて行きました。私は両親と一戸建ての家に暮らしていて、部屋も余っているので、家にしばらくいたらと提案しました。彼女はしばらく考えて「迷惑をかけるかもしれませんが、お世話になります」と言いました。家の両親は最初「嫁を連れてきた」と喜んでいましたが、私が説明すると、がっかりしていました。私は、その日は遅れて会社に行き、帰ってくると、昴はすっかり母と仲良くなっていました。

それから、数年後、私は彼女と結婚して、中古の家を手に入れ、彼女と二人で暮らし始めました。それから一年後、航瑠が生まれ、二年後に永莉が生まれました。そして、今に至っています。

あなたが何を手紙に書いたのかわかりませんが、彼女を渡すことは出来ません。私にとって昴は大切な女性であり、二人の子供にとって大切な母なのです。勝手で申し訳ありませんが、もう二度と手紙は書かないでください。そして会わないで欲しいのです。それが私の願いです』

公隆は、目に涙を浮かべて「昴、君は今、幸せなんだね」とつぶやきました。

次の日の朝、昴が起きて朝食を作っていると、お父さんの公隆が「今日、体調悪いから、俺会社休むから」と、布団の中から言いました。

「だいじょうぶ」と、昴が心配そうに聞きました。

「大丈夫だよ」と公隆が言ったので、昴はそのまま会社に行きました。

昴は仕事中もお父さんの事を考えていて、心配になったので午後から休みを取って帰ってきました。

「ただいま、父さんだいじょうぶ」と言って、父さんの部屋に入っていきました。すると、布団の横に睡眠薬のビンがころがっていて、昴宛の手紙が置いてありました。

昴が布団をどけると父親は意識がありませんでした。

「父さん、父さん……」

昴が必死に呼びつづけても返事がなかったので、電話で救急車を呼びました。

救急車の中で、昴は手紙を読みました。

「ごめんな、昴。なんか生きてる意味がなくなってしまいました。残していく君の事が気になりますが、航瑠君がいればだいじょうぶだと思っています」

昴は、救急車の中で公隆の手を握り締めて「馬鹿じゃないの？　これから私が父さんに楽させてあげるのに、何で死のうなんてするのよ」と、話しかけました。

昴の服のポケットには、さっき偶然見つけてしまった航瑠の父からの手紙が入っていました。

その日、航瑠の家では、父が出かけた後、母がポストから消印が一週間前の昴の父からの手紙を見つけていました。

「また、まちがって届いたみたいね」と言いながら、封筒の裏に書かれた「石神公隆」という文字を見て、母は急いで家の中に駆け込み、封を切りました。

『もし私の知っている昴ではなかったら、この手紙は捨ててください。私は今、娘と暮らしていて、すごく幸せです。昴さんも幸せに暮らしていると知り、うれしいです』

と、だけ書いてありました。

「……」

正午のサイレンとともに、自分の勤めている会社から、昼ごはんを買いに出かけた航瑠の父は、横断歩道を歩きながら、ポストに戻した手紙の事を考えていました。

『あの手紙を読んで、どう思ったんだろう？　まさか、恋人のところに行ったりしないと思うけど……』

キキキキキ……。

ブレーキの音とともに、航瑠のお父さんに向かって車が突っ込んで来ました。横断歩道の信号はいつの間にか赤に変わっていたのです。

ドカ……鈍い音がして、航瑠の父は、横断歩道に倒れこみました。

それから一時間後。

まいあ病院の手術室の前の廊下に、航瑠と航瑠の母の昴と妹の永莉が肩を寄せ合って心配そうに、手術室を見つめていました。

その横をストレッチャーに乗せられた公隆と、それに寄り添うようについて歩く昴が通りました。

昴は、航瑠の家族を見つけると、立ちどまり、ポケットにいれてくちゃくちゃになった航瑠の父が書いた手紙を航瑠の母昴に投げつけると、「もし、父さんに何かあったら、私はあなたを許さない」と、泣きながら怒鳴り、航瑠の顔をチラッと見ると、ストレッチャーを追いかけていってしまいました。

航瑠の母は、昴の投げた手紙を読みながら、プロポーズされた時の事を思い出して涙を流しました。

『プロポーズされた時、私はまだ公隆さんの事を考えていて、「星空」という苗字が変わる事が嫌だった。そんな私に正測さんは、中古の家を見せてくれました。そこの家の表札には、「星空昴、星空正測」という木の表札がすでにつけてありました。僕さ、出会った時から「星空昴」という名が好きだから、変

えてほしくないんだ。正測さんは私にそう言ってくれました』
死なないでください。私にはあなたが必要です。
航瑠の母、昴は両手を合わせて神様に祈り続けました。

その両脇で、航瑠と、永莉も手紙を覗き込み、すべてを理解しました。

「あの女性が、昴さんね？」と、母が聞きました。

「そうだよ」と、航瑠が答えました。

「航瑠は、昴さんの傍に行ってあげなさい」と、母が言いました。

「でも……」

航瑠が戸惑っていると、「父さんは何があっても死なない。それに、こっちには永莉がいるから、だいじょうぶ」と、母が言いました。

「そうだよ、兄貴!!　昴さんがかわいそうだよ」と、永莉が言いました。

航瑠は、すっと立ち上がると、「ごめん、母さん」と言って、昴のもとに駆けていきました。


昴は、ポツンと一人、治療室の前で座っていました。

その横に、航瑠が静かに腰を降ろすと、やさしく肩を抱きました。

「公隆さんのご家族の方」と看護師さんに呼ばれて部屋に入っていった昴が、泣きながら出てきて、航瑠に抱きつきました。

「父さんが……父さんが……」

「発見が早かったから、死なないって」

「よかったね」と、口では言った航瑠でしたが、母との関係を知った今、すごく複雑な気持ちを抱いていました。

「俺は父さんが心配だから戻るね」

航瑠が、そう言うと、昴が「ありがとう」と、泣いた顔を航瑠にむけて言いました。

航瑠が手術室まで戻ると、すでに手術室のランプは消えていました。

父は集中治療室に移され、廊下の窓から母と妹の永莉が心配そうに見ていました。

母は、航瑠に「父さんね。手術は成功して命は助かったんだけど、頭を打ってて、言葉をうまく話せなくなるかもしれないって……でも私は生きててくれるだけで、すごくうれしいの」と、言葉を詰まらせながら話しました。

数日後、昴が、星空家の病室を訪ねてくると、航瑠のお母さんに「家の父に会ってもらえませんか？　たぶん、父はあなたに会いたいと思っていると思うんです」と、言いました。

「ごめんなさい。私は……」と、お母さんが言おうとすると、ベッドに寝ている父が、手を伸ばして母の手に触れると目で「会いに行ってきなさい」と言いました。

母が目で「いいの」と聞くと、父はうなずいて答えました。

航瑠のお母さんは、昴のお父さんである公隆さんの寝ているベッドの傍に立つと、「もう二度と死のうと思わないでください」と言いました。それを聞いて目を開けた公隆さんは、「君に会ったらあやまろうと思っていたんだ。あの時、かけおちしたはいいけど、財布の中に小銭しかなくて、このままでは君を幸せにできないと思って、君の両親に……」そこまで聞いた航瑠の母の昴は「もう済んだことはいいじゃないですか!!　また、こうして会うことができたのですから」と言いました。

数ヶ月後、教会の鐘が高々となり響き、結婚式が挙げられようとしていました。

ウェディングドレスに身を包んだ昴と、その横には白いタキシードを着た航瑠が立っていました。

神父さんの誓いの言葉が長かったので航瑠はつい、「母さんたちの結ばれなかった恋をAとすると、俺たちの恋はB……」と、つぶやいてしまいました。

それを聞いた昴が、「じゃあ、ずっとずっと後の子のZの子の次の恋は何？」と、笑いながら聞いてきました。

航瑠は真剣に考えすぎて、神父の「では、誓いの口づけを……」という言葉を聞き逃してしまいました。

昴は、そんな航瑠の顔をむりやり自分に向けさせて唇を奪いました。

航瑠は昴に向かって「人が真剣に考えてるのに何するんだよ」と怒ってしまいました。

その台詞に、教会内は、大爆笑に包まれました。

あとがき

はじめましての人も、はじめてじゃないひとも、作家をやらしてもらってます、四月一日晴太と書いて、わたぬきはれたと言います。今後ともよろしくお願いします。

唐突ですが、みなさんは、不思議な体験をしたことはありますか？　私にとっては、こうして本を四冊も書かせてもらえたことが、何より不思議な体験です。少し考えてもらえればわかると思いますが、「あなたの周りに本を四冊も出版している人がいますか？」という質問に対して、ほとんどの人はＮＯと答えると思うからです。

最初の『りんごはなぜ赤いの？』を出すまでは、本を出したいという思いはあっても試行錯誤の連続で、どうしたら、本を出版できるのかまったくわかりませんでした。それが、文芸社さんに原稿を送ってからは、瞬く間に一冊、本を出すことができました。それ以後、『私の友達は貧乏神』『屋根のない町』と続けて本を出すことになりました。

そして、時は流れて、去年かかってきた一本の電話からこの本を出す運びとなりました。物語を書くのは、ひさしぶりということもあり、自分の想いを言葉にするむずかしさを痛感しながら、八ヶ月以上かけて、ようやく原稿という形にすることが出来て、今はほっとしています。

内容について、少しだけ触れるとしたら、「ヘビイチゴのひとりごと」で登場した河童さんの話や、「妖精のパズル」で登場した台風少女・渚の話。はたまた、「レターゲームB」で、歌手になりたいという手紙を出したまりもの話。「アカちゃんと、ハク」で、何かを捜していたパピヨンという犬の話は、前に出ている三冊の本を読んでもらえたら、さらに楽しんでもらえるのではないかと思っていますので、機会がありましたら触れてみてくださいね。

最後になりましたが、タイトルの『ポステリタスの虹』の「ポステリタス」

というのは、ラテン語の「未来」という意味です。この本を読んでくれたあなたの未来に、素敵な虹がかかることを願っています。

著者プロフィール

四月一日 晴太（わたぬき はれた）

岐阜県羽島市に生まれ育つ。
2D映画を見ることや、ガンプラを作ることが大好き。
毎日ヤフーブログを楽しく更新しています。

イラストレーター　miki

三重県生まれ。幼いころから、絵を描くことが大好き。
休日にはお菓子を作ることも楽しみの一つです。

ポステリタスの虹

2012年11月15日　初版第1刷発行

著　者　四月一日 晴太
発行者　瓜谷 綱延
発行所　株式会社文芸社
〒160-0022　東京都新宿区新宿1－10－1
電話　03-5369-3060（編集）
03-5369-2299（販売）

印刷所　株式会社平河工業社

ISBN978-4-286-12766-8